VERLAG EXPEDITIONEN

I0549995

Gino Leineweber

Bhante Puññaratana

Ein buddhistischer Mönch aus Sri Lanka

Bibliografische Information der Deutschen Nationalbibliothek:
Die Deutsche Nationalbibliothek verzeichnet diese Publikation in der Deutschen Nationalbibliografie; detaillierte bibliografische Daten sind im Internet über http://dnb.dnb.de abrufbar.

Bhante Puññaratana
Ein buddhistischen Mönch aus Sri Lanka
1. Auflage 2014

Cover
Pushpakumara Jayasinghe

ISBN 978-3-943863-27-7

Vorwort und Dank

Für einen buddhistischen Mönch ist es eine selbstverständliche Lebensform, zu helfen. Davon macht niemand besonderes Aufheben. Auch Bhante Puññaratana nicht.
Aber es sollte einmal gewürdigt werden, und sein fünfzigster Geburtstag im Januar 2014 ist dafür ein willkommener Anlass.
Ich durfte Bhante Puññaratana auf seinem Weg von Zeit zu Zeit begleiten, wofür ich dankbar bin. Ganz besonders dankbar bin ich ihm jedoch dafür, dass er mir gestattet hat, dieses Buch über ihn zu schreiben.
Bedanken möchte ich mich auch bei denen, die mir dabei geholfen haben.
Solveig Niek und Dr. Francis Samarawickrama, die mir Texte zur Verfügung gestellt haben, genau wie Ingmut Dossow, die dazu noch den Lebenslauf von Bhante Puññaratana nach seinen Angaben verfasst hat, Sabine Witt, die das Lektorat übernommen hat, und Pushpakumara Jayasinghe, der die Covergestaltung übernahm.
Alle an diesem Buch beteiligten Personen haben auf ihre Honorare verzichtet, und der Erlös aus dem Verkauf kommt in voller Höhe der Karuna Samadhi Organisation zugute.

Gino Leineweber
Hamburg, im Januar 2014

Ich nenne ihn Bhante. Alle Welt tut das. Das ist Pali und steht für „Mönch im Theravada Buddhismus". Als Mönch trägt er den Namen Rathmale Puññaratana. In Sri Lanka, dem Land, aus dem er kommt, weiß ein jeder, woher Bhante stammt, wenn er seinen Namen hört. Denn nach singhalesischem Brauch deutet der Vorname der buddhistischen Mönche auf ihren Geburtsort. Das heißt für Bhante, dass er in einem kleinen Dorf namens Rathmale geboren ist. Tatsächlich jedoch hat er das Licht der Welt in der nahe Rathmale gelegenen Stadt Wariyapola erblickt, nämlich im dortigen Krankhaus. Aber seine Vorfahren stammen aus Rathmale, im Distrikt Kurunegale, und auch er lebte dort bis zu seinem vierten Lebensjahr. Danach zog er mit seiner Mutter und den Geschwistern in das zehn Kilometer entfernte Dorf Minuwangete. Der Nachname Puññaratana wurde ihm erst bei seiner Ordination verliehen. Er hat, wie bei allen Mönchen, eine spirituelle Bedeutung und wurde aus den beiden Worten Puñña (heilsam) und Ratana (Juwel) gebildet.

Sri Lanka blickt auf eine überlieferte Geschichte von 2.500 Jahren zurück. Sie begann mit der Einwanderung nordindischer Singhalesen, denen später südindische Tamilen folgten. Im Laufe der Zeit konzentrierten sich die Tamilen im Norden und die Singhalesen im Süden des Landes. Verschiedene Königreiche bildeten sich. Zeiten des friedlichen Nebeneinanders wechselten mit Zeiten des Kampfes um die Vorherrschaft. Auseinandersetzungen gab es zuletzt in einem Bürgerkrieg, der Anfang der 1980er Jahre begann und erst im Jahre 2009 beendet wurde. Eine Gruppe der im Norden lebenden Tamilen, die LTTE, hatte sich gegen die Zentralregierung in Colombo erhoben; ihr Wunsch nach einem eigenen Staat erfüllte sich jedoch nicht.

Vor rund 500 Jahren besetzten und kolonisierten portugiesische Eroberer Teile des Landes, verloren es jedoch in 1638, nach kriegerischen Auseinandersetzungen, an die Niederlande. Zu Beginn des 18. Jahrhundert besetzten Engländer erst die Ostküste und schließlich in 1815 das gesamte Land. Sie nannten es Ceylon und beherrschten es, bis es 1948 seine Unabhängigkeit erlangte.

Die Schönheit des Landes ist sprichwörtlich, es soll sogar Adam und Eva als Trost für die Vertreibung aus dem Paradies gedient haben. Aber diese Schönheit steht im starken Kontrast zur Armut der Bevölkerung.

So wuchs auch Bhante in schwierigen, ja ungewöhnlichen Verhältnissen auf: Er hatte sieben Geschwister, und sein Vater hatte weitere Kinder mit einer anderen Frau im Dorf, mit der er sogar zusammenlebte. Zwischen Bhantes Mutter und dieser Frau bestanden allerdings freundschaftliche Beziehungen. Als seine Mutter in dem zehn Kilometern entfernten Ort Minuwangete ein größeres Grundstück erwerben konnte, das genügend Platz für den Feldanbau bot, zog man dorthin, denn die Landwirtschaft war existentiell für die Familie, da die Einkünfte des Vaters überwiegend seiner anderen Familie zukamen. Ein- bis zweimal im Monat kam der Vater nach Minuwangete um dort zu helfen. Da es keine Verkehrsanbindung an den früheren Wohnort gab, musste er den Weg teilweise zu Fuß zurücklegen. Das bedeutet, dass Bhante wenig Kontakt zum Vater hatte. Dennoch fühlte er sich von ihm geliebt, hatte gar den Eindruck, er liebe ihn mehr als seine Geschwister.

Die Last der Sorge um Bhantes Familie lag überwiegend auf den Schultern der Mutter und seinen älteren Schwestern. Ernährung und Fürsorge für die große Familie sicherzustellen bedeutete, viele Opfer auf sich zu nehmen. Nicht alle seiner Schwestern konnten einen Schulabschluss machen, sondern mussten die Ausbildung abbrechen und sich eine Verdienstmöglichkeit suchen.

Verglichen mit anderen Ländern der Region ist das Schulsystem in Sri Lanka gut. Für alle Kinder ist ein neunjähriger Schulbesuch obligatorisch, weshalb es in Sri Lanka nahezu keine Analphabeten gibt. Allerdings ist das Schulsystem nicht besonders effektiv: Die Durchlässigkeit zu weiterführenden Schulen und die Anforderungen des Arbeitsmarkts an die Ausbildung lassen viel Wünsche offen. So sind mehr und mehr private Initiativen entstanden, um diese Lücke mit zusätzlichen Ausbildungsprogrammen zu schließen.

Erschwerend kommt hinzu, dass es für viele Kinder nicht leicht ist, zur Schule zu kommen, denn die Wege sind oft weit und mühsam zu gehen. Bhante brauchte eine Dreiviertelstunde bis zur Schule. Sehr früh morgens hieß es aufstehen. Alles hatte er selbst für seinen Schulbesuch vorzubereiten. Aber das machte ihm nichts aus, er ging sehr gern zur Schule.

Das Lernen machte ihm Freude. Es fiel ihm leicht, und er hatte gute Zeugnisse. Seine Schwestern hänselten ihn damit, dass er seine Zensuren nur dem guten Verhältnis zu seiner Klassenlehrerin verdankte. Sie lobte ihn oft, war immer freundlich zu ihm und teilte mit ihm sogar ihr Essen. Auch die Fachlehrer in Mathematik und Englisch mochten ihn, gingen im Laufe der Zeit sogar freundschaftlich mit ihm um. Aber seine guten Noten rührten vor allem daher, dass es ihm leicht fiel, sich alles zu merken.

Der Schulbesuch war sehr bedeutend für ihn. Deshalb störte es ihn, wenn es hieß, er könne nicht zur Schule gehen, etwa als sein Großvater mütterlicherseits starb.

Es ist üblich, den Verstorbenen für zwei bis drei Tage daheim aufzubahren, um allen Verwandten und Bekannten die Möglichkeit zum Abschiednehmen zu geben. Während dieser Trauerzeit hatten alle sonstigen Tätigkeiten, auch die beruflichen und der Schulbesuch, zu ruhen. Bhante war damals erst neun Jahre alt und verstand das nicht. Er wäre lieber zur Schule gegangen. Er wusste auch noch nicht, dass der Tod große religiöse Bedeutung hat, sowohl für den Verstorbenen als auch für die Überlebenden.

Für den Toten beginnt der Übergang in eine neue Daseinsform im Kreislauf der Wiedergeburten: Mit dem Tod werden alle karmischen Kräfte aktiviert, und die Art des nächsten Lebens bestimmt. Für die Lebenden erinnert der Tod eines Angehörigen an die Vergänglichkeit des Daseins – eine der Grundsätze der buddhistischen Lehre. Die Trauerzeit und ihre Rituale werden aber auch genutzt, um den Verstorbenen auf seinem weiteren Weg zu unterstützen.

Das alles wusste Bhante nicht. Nur, dass seine Familie ihm den Schulbesuch nicht erlauben würde. Er wollte aber gehen, und heckte einen Plan aus. Er verschnürte seine Schulbücher und versteckte sie. Frühmorgens zog er heimlich seine Schuluniform an und rannte den Weg entlang Richtung Schule. Plötzlich aber begegneten ihm Bekannte seiner Familie, die ihn nach Hause zurückbrachten. Dort wurde er von allen getadelt. Er weinte bitterlich.

Die beiden Aspekte des Todes – die Vergänglichkeit und die Gelegenheit, im Kreislauf der Wiedergeburten zu helfen – gehen auf die Lehre Buddhas zurück und sind im öffentlichen und privaten Leben Sri Lankas, wie der Buddhismus insgesamt, tief verwurzelt. Es gibt dort eine ausgeprägte Form von Ritualen, nicht nur für das Begräbnis, sondern auch für die Zeit danach.

Den Toten wird zu unterschiedlichen Zeiten, kurz nach dem Ableben und später an den Todestagen, gedacht. Ich hatte Gelegenheit, an einem solchen Ritual für eine verstorbene Schwester von Bhante teilzunehmen. Zu dieser Zeremonie hatten sich einige Mönche, die Familie und Freunde versammelt. Besonders beeindruckend fand ich es, als die nahen Verwandten in ehrfürchtiger Haltung Wasser in ein

Gefäß schütteten, bis es überlief. Mit dieser rituellen Handlung, werden positive Verdienste der Lebenden übertragen, als ein Akt der Gnade.

Vor ungefähr 2.250 Jahren lebte auf dem indischen Subkontinent der Eroberer und König Ashoka. Ein grausamer Monarch, böse und jähzornig. Er wurde auch „Ashoka der Fürchterliche" genannt. Nach einer grausamen Schlacht während des Eroberungsfeldzugs in Kalinga kam es jedoch zu einer Zäsur im Leben des herrschsüchtigen Monarchen. Die Schlacht forderte über 100.000 Tote, deren Blut die Wasser der Flüsse rot gefärbt hatten. Als Ashoka an den vielen Toten auf der blutgetränkten Erde vorüberging, konnte er sich, anders als sonst, nicht an der Eroberung erfreuen. Die weit verstreut liegenden Leichen weckten Gefühle in ihm, die er bisher nicht kannte, und die Klagelieder der Kinder und Angehörigen berührten ihn tief.
„Was habe ich getan?", fragte er sich, „war die Eroberung die vielen Toten wert?"

Er fühlte tiefe Reue über seinen Eroberungsdrang, und wandelte sich zu einem friedvollen Herrscher, der von da an der Lehre Buddhas folgte. Aber, nicht nur das: Er sorgte darüber hinaus für die Verbreitung der Lehre und beendete damit die bestehende Vorstellung, die Herrscher müssten sich aus einer göttlichen Quelle legitimieren. Stattdessen setzte er auf die Legitimation von Dharma (die Lehre des Buddha) und Sangha (die Unterstützung durch die Lehre und die Zustimmung der Gemeinschaft). Auf Ashoka gehen die starken Einwirkungen des

Theravada-Buddhismus auf viele Länder Südostasiens zurück, die mit der Fürsorge für Klöster, Tempel und Mönche verbunden sind. In vielen dieser Staaten hat das zu einer engen Verbindung zwischen den weltlichen Herrschern und der religiösen Hierarchie geführt, was heute noch zu beobachten ist. Auch in Sri Lanka.

Im 3. Jahrhundert vor Christus beauftragte Ashoka seinen Sohn, Arahat Mahinda, mit der Missionierung Sri Lankas. Als Arahat (auch Arhat, Arahant) wird ein vollendeter buddhistischer Heiliger bezeichnet, der Gier, Hass und Verblendung – die drei Ursachen für das Leid – abgelegt hat. Als Arahat Mahinda in Sri Lanka ankam, so geht die Sage, traf er auf eine königliche Jagdgesellschaft. Der König, Devanampiyatissa, empfing den Gast freundlich, denn er kannte dessen Vater, König Ashoka. Wie es heißt, war der sri-lankische König von der Lehre des Buddha sofort angetan, und er lud Mahinda auf seinen Königssitz in Anuradhapura ein.

Mahinda hatte dem König das Chulahathipadopama Sutra vorgetragen. Darin zeigt Buddha dem Wandermönch Pilótika, wie der zur Erlösung vom Leiden führende Pfad, das heißt die letzte der vier Edlen Wahrheiten, am besten zu verwirklichen sei. Im damaligen Indien war ein Wandermönch mit der ihn umgebenden Natur, den Pflanzen und Tieren, vertraut, denn er hielt sich häufig an einsamen Plätzen auf. So erklärte ihm der Buddha den Weg zur Erlösung am Verhalten eines Elefantenjägers: Entdeckt dieser im Wald die tiefe, großflächige Spur eines Elefanten, so geht er nicht unbedingt davon aus, dass diese Spur von einem großen Elefanten stammt, denn es gibt auch kleine Elefantenkühe, die große

Füße haben. Stößt er erneut auf tiefe Spuren und bemerkt gleichzeitig abgeknickte Äste und Blattwerk, so schließt er aufgrund dieser Zeichen ebenfalls nicht automatisch auf einen großen Elefantenbullen. Denn auch hier könnte es sich um eine groß gewachsene Elefantenkuh handeln. Erst wenn er einen großen Elefanten am Fuße eines Baumes stehen sieht, weiß er, dass sich im Wald ein großer Elefantenbulle befindet. Ebenso sollte ein Anhänger der Lehre des Buddha weder aufgrund von Überlieferungen, Hörensagen oder bloßen Behauptungen noch wegen eigener logischer Überlegungen oder Deduktionen einer Aussage - auch nicht die eines Lehrers! - etwas nur dem Schein nach für wahr halten. Erst wenn er selbst erkannt hat, dass ein Gedanke, eine Aussage oder eine Tat zur Verminderung des Leidens führt, sollte er diese Lehre befolgen und sein Leben danach ausrichten.

Nachdem der sri-lankische König dieses Sutra gehört hatte konvertierte er zum Buddhismus und gestattete Mahinda, zwei große Zusammenkünfte für die Bevölkerung abzuhalten. Damit begann die Verbreitung des Buddhismus in Sri Lanka.

Danach ließ Mahinda seine Schwester, Sanghamitta, die als Nonne lebte, nachkommen, weil sich auch viele singhalesische Frauen für die Lehre und das Leben als Nonne interessierten. Sie brachte einen Schössling des berühmten Bodhi-Baums mit, unter dem Buddha Gautama seine Erleuchtung gefunden hat, und pflanzte ihn ein. Der Baum ist heute noch im Tempel innerhalb der Parkanlage Maha Megha Vana von Anuradhapura zu sehen und ist nicht nur ein besonderer Anziehungspunkt für die Buddhisten Sri Lankas, sondern auch für Touristen aus aller Welt.

Eine wundervolle und weihevolle Tempelanlage, die ich das Glück hatte, in einer Vollmondnacht zu erleben. In der buddhistischen Tradition sind die bedeutsamsten Ereignisse bei Vollmond geschehen: Buddhas Geburt, seine Erleuchtung und sein Tod ereigneten sich jeweils am Vollmondtag des Monats Vesak. Das entspricht bei uns dem Monat Mai. Deshalb ist jeder Vollmondtag in Sri Lanka ein offizieller Feiertag, und jener im Mai ist das höchste buddhistische Fest, das Vesak-Fest. Jeder dieser Tage ist mit einem Besuch in einem der zahlreichen Tempel Sri Lankas verbunden. Ich besuchte den Bodhi-Baum-Tempel in der Abenddämmerung. Die Luft war angefüllt vom Duft hunderter Kerzen und Räucherstäbchen, und hunderte Menschen, alle weiß gekleidet, erwiesen dem Buddha die Ehre, indem sie zu Füßen der Statuen Blumen auslegten. Trotz der Fülle im Tempel empfand ich eine meditative Stimmung, die zum längeren Verweilen einlud. Eine solch friedvolle Atmosphäre inmitten einer Menschenmenge, wie am Vollmondtag im Bodhi-Baum-Tempel in Anuradhapura, habe ich noch nie erlebt

Als Bhante elf Jahre alt war, belauschte er ein Gespräch seiner Eltern, aus dem hervorging, dass der Vater beabsichtigte, den Jungen in einen buddhistischen Tempel zu geben. Als Bhante das hörte, klopfte ihm vor Aufregung und Freude das Herz bis zum Hals. Denn was konnte das anderes bedeuten, als die Erlaubnis, Mönch zu werden! Ein Traum, den er schon seit zwei Jahren hatte. Die Mutter war über den Vorschlag des Vaters nicht sehr glücklich. Aber da es in der Kultur Sri Lankas üblich ist, dass Mütter die Absichten der Väter akzeptieren, war dies kein Hindernis für Bhantes Wunsch, Mönch zu werden. Er wusste zwar weder, zu welchem Tempel oder welchen Mönchen er gebracht werden würde, noch was Klosterleben tatsächlich bedeutete, aber er spürte, dass er ein neues Leben kennenlernen würde. Das erfüllte ihn mit großer Freude.

Es fiel ihm daher leicht, sein kleines Dorf zu verlassen. Dennoch war es aufregend, in eine Stadt zu fahren, die ungefähr siebzig Kilometer südlich seines bisherigen Wohnorts lag. Er wird auf dieser Fahrt nicht nur, wie ich es gemacht habe, als ich in dieser Gegend unterwegs war, die schöne Landschaft bewundert haben. Vor ihm lag ein neuer Lebensabschnitt, der seine Gedanken beherrschte.

Die Stadt mit ihrem bunten Leben, den Fahrzeugen, den vielen Menschen, war so anders als das kleine stille Dorf, aus dem er kam. Autos und Motorräder wuselten durch die Straßen oder parkten vor den Geschäften, die mit großen, bunten Schildern auf sich aufmerksam machten. Die Bürgersteige waren voller Menschen. Der kleine Tempel in Veyangode, wohin sein Vater ihn brachte, liegt nahe einem großen Bahnhof. Auf der anderen Seite des Klostergebäudes fließt ein kleiner Fluss. Der Tempel liegt wie eine kleine Insel zwischen den Strömen des Wassers und denen der Menschen. Ein Platz zum Innehalten inmitten einer sich ständig bewegenden Welt.

Nachdem Bhante und sein Vater das Kloster betreten hatten, verbeugten sie sich vor dem Abt Maha Thera Rathmale Gunaratana, dem Bhante bereits zweimal begegnet war. Er war sein Großonkel, zu dem er jedoch keine nähere familiäre Beziehung hatte.

Da es in der Kultur Sri Lankas als unhöflich gilt, wenn Kinder den Gesprächen von Erwachsenen beiwohnen, erfuhr der kleine Junge zu Beginn seines neuen Lebensabschnitts nichts von dem, was sein Vater mit dem Abt besprach. Erst ein paar Monate später sollte er verstehen, worum es dabei ging: Der Vater überließ den Sohn dem Kloster, dem Abt und der buddhistischen Ausbildung und fuhr ohne ihn heim. In der Heimat des Bhante ist das nichts Ungewöhnliches. Der kleine Junge, der Bhante einst war, hatte einen denkwürdigen ersten Schritt in sein neues Leben getan. Einen Schritt, der ihn von seiner Familie trennte. Einen Schritt aus der materiellen in die geistige Welt. Einen Schritt in ein Leben als buddhistischer Mönch.

Am ersten Tag machte er nach dem Erwachen das, was er zuhause auch getan hatte: Er suchte sich einen Besen und kehrte den großen Innenhof. Frühes Aufstehen war ihm in die Wiege gelegt worden. Denn langes Schlafen, so hieß es, bringt Unglück. Außerdem hatte er in seinem Heimatort einen drei Kilometer langen Schulweg zurückzulegen, und der Unterricht begann bereits um 7:30 Uhr. Bhante hatte als Kind außerdem wenig Interesse an Sport oder außerhalb des Hauses liegender Ablenkungen. Ihm lag immer schon daran, im Haus und in der Küche zu helfen. Die von ihm daheim geübte Gewohnheit wirkte sich glücklich aus, als der Abt ihn beim Fegen des Hofes beobachtete. Er rief ihn zu sich, nahm die Hände des Jungen in seine und sprach die rätselhaften Worte:
„Ich lasse dich nicht fort! Du bleibst bei mir!"

Erst viele Wochen später erschloss sich ihm der Sinn dieser Bemerkung: Der Vater hatte für den Sohn nämlich nicht das Leben eines Mönchs geplant, sondern sich für ihn eine andere, wie der Vater meinte, glücklichere Zukunft gewünscht. Die sollte so aussehen, dass mit Hilfe des Abts eine reiche Familie ge-

funden würde, in die er als Adoptivsohn vermittelt werden könnte. Aber Bhante wollte Mönch werden, und der Abt, der schon alt war, wollte das ebenfalls. Er sagte zu ihm:
„Du bist mein letzter Schüler!"

Es ist in Sri Lanka nichts Ungewöhnliches, dass Kinder den Wunsch haben, in ein Kloster zu gehen, um Mönch zu werden. Das Leben ist buddhistisch geprägt. Tempel und Mönche gehören zum täglichen Erscheinungsbild, und der Auftritt der Mönche bei den Zeremonien, häufig mit Tanz und Gesang begleitet, erweckt den Wunsch: Das möchte ich auch. Für Bhante war dieser Wunsch damals eine reale Vorstellung geworden, und er richtete sich in seinem neuen Leben und im Kloster ein. Neben ihm gab es dort zwei weitere, ältere, Schüler und einen Novizen.

Die Mönche im Tempel leben vom Almosengang (pindapāta). Dieser ist ein fester Bestandteil des Lebens im buddhistischen Kloster, und sie werden auf Pali "Bhikkhu" genannt. Das bedeutet: „Jemand, der seine Nahrung erbettelt“. Wir kennen die Bezeichnung in der Übersetzung "Bettelmönch". Frühmorgens gehen die Mönche in einen Ort, um von den Bewohnern ihre Nahrung für den Tag zu erhalten. Für die Buddhisten ist es eine Ehre zu spenden und die Mönche mit Speisen und Getränken zu versorgen. Geben ist eine buddhistische Grundeinstellung und öffnet das Herz. Dementsprechend bedanken sich auch die Spender, wenn sie die Gaben überreicht haben.

Heute sind diese Almosengänge in Sri Lanka nicht mehr üblich. Stattdessen bringen die Anhänger zubereitete Speisen in den Tempel. Aber der Abt von Bhantes Tempel war der Ansicht, die Almosengänge seien wertvoll und übten eine positive Wirkung aus. Sie seien besonders geeignet, um den Hochmut zu überwinden. So folgte Bhante seinem Lehrer in dieser Tradition nach und sammelte mit seiner Almosenschale Nahrung, die nach buddhistischer Auffassung Medizin für den Körper ist. Die Schale bestand üblicherweise aus Metall, und die Menschen legten verschiedene gekochte Speisen hinein. Bhante sagt zurückblickend:

„Bisweilen war das Gespendete sehr heiß und ich verbrannte mir die Finger. Wir durften auch nicht wählerisch sein und lernten, jede Speise dankbar entgegen zu nehmen. Es war eine Übung in Bescheidenheit und Geduld. Den Nachtisch gaben die Leute in meine Schale. Die Spenden wurden anschließend unter allen Klosterbewohnern aufgeteilt, und auch die Tiere erhielten ihren Anteil. Hin und wieder übe ich diesen Almosengang heute noch."

Die Buddhistische Lehre, wie wir sie kennen, geht in den Grundsätzen, Auslegungen und Praktiken zurück auf Siddhartha Gautama. Er lebte im östlichen Teil des indischen Subkontinents um das Jahr 500 vor Christus. Er ist es, den wir mit dem Begriff Buddha bezeichnen. Dieser Name hat mit ihm allerdings nur insoweit zu tun, als er einer von vielen Buddhas war, womit ein vollständig erwachtes Wesen gemeint ist, das nicht mehr im leidvollen Daseinskreislauf (Samsara) gebunden ist. Siddhartha Gautama ist somit nicht der einzige Buddha; es gab viele vor ihm, die von den beiden Richtungen des Buddhismus (Theravada und Mahayana) unterschiedlich benannt werden. Gemeinsam ist ihnen jedoch die Vorstellung eines kommenden Buddha namens Maitreya.

Das besondere Verdienst des historischen Buddha, Siddharta Gautama, ist, dass er nach seiner Erleuchtung die Lehre von der Überwindung des Leidens auf der Basis der Erkenntnis der Vier Edlen Wahrheiten verkündete:
Das Leben im Daseinskreislauf ist letztlich leidvoll. Dies ist zu durchschauen.
Ursachen des Leidens sind Gier, Hass und Verblendung. Sie sind zu überwinden
Erlöschen die Ursachen, erlischt das Leiden. Dies ist zu verwirklichen.
Zum Erlöschen des Leidens führt ein Weg, der Edle Achtfache Pfad. Er ist zu gehen.

Die beiden genannten Richtungen der Buddhistischen Lehre heißen Theravada und Mahayana. Theravada heißt übersetzt „Die Schule der Ältesten", und Mahayana „Das große Fahrzeug". Theravada ist im Wesentlichen verbreitet in Sri Lanka, Kambodscha, Laos, Thailand und Myanmar, Mahayana in China, Korea, Japan, Vietnam, Singapur und Taiwan. Zum Mahayana zählen einige spezielle Traditionen, unter denen die bekannteste der hauptsächlich in Japan beheimatete Zen ist. Der Tibetische Buddhismus, Vajrayana, im Westen bekannt durch den Dalai Lama, wird sowohl als Zweig des Mahayana angesehen als auch als eine dritte Richtung neben Mahayana und Theravada. Die Unterschiede der einzelnen Richtungen liegen in erster Linie in der Auslegung des genauen Wegs zur Befreiung. Allen gleich ist die Bedeutung der Tradition und der Praxis der Drei Juwelen, die da sind: Buddha (Erwachen), Dharma (Lehre) und Sangha (Gemeinschaft).

In der Theravada-Lehre kann eine Person aus der „Unwissenheit" durch eine direkte Erfahrung der wahren Natur des Seins erweckt werden, und das Dasein als Arahant oder gelegentlich als Buddha erreichen. In dieser Tradition wurde Bhante im Jahre 1979, im Vollmond des Monats Mai (Vesak), als Novize ordiniert. Wie ich bereits erwähnt habe, ist dieser Tag der wichtigste des Jahres in Sri Lanka. Der singhalesische Monatsname „Vesak" ist heute international bekannt als höchster Feiertag der Buddhisten, und alle Welt verbindet ihn mit den drei wichtigen Ereignissen in Buddhas Leben: Geburt, Erleuchtung, Tod.

So war es für Bhante eine besondere Freude, genau an diesem Tag seine Ordinationsfeier zu erleben. Sie wurde von der Mönchsgemeinschaft eines anderen Tempels organisiert – einem der drei Tempel, denen sein Lehrer als Abt vorstand. Gemeinsam mit Laien gestalteten die Mönche für den kommenden Novizen und einen weiteren ein unvergessliches Ordinationsfest, zu dem ungefähr fünfzehn Mönche eingeladen worden waren, ebenso die Eltern, Geschwister, Freunde und Bekannte. Nur Bhantes Mutter blieb fern: Sie wollte nicht sehen, wie ihr Junge Novize wurde. Es schmerzte sie zu sehr, den geliebten Sohn abgeben zu müssen. Bhante war enttäuscht, dass seine Mutter nicht dabei war, und erst später verstand er sie und ihre Beweggründe.

In Sri Lanka gibt es zahlreiche kleine Tempel, die den unterschiedlichen Gottheiten gewidmet sind. Als Mahinda die Lehre Buddhas nach Sri Lanka brachte, ging er auch auf die Geister und Götter ein, die bisher das spirituelle Leben Sri Lankas beherrschten. Meist waren es Figuren aus der hinduistischen Tradition. Aus Mahindas Vorträgen konnte die Bevölkerung erkennen, dass die Buddhistische Lehre den traditionellen Glauben nicht infrage stellte. Vielmehr bezog sie die Geister und Götter ein und vermittelte den Singhalesen, dass diese Wesen wie der Mensch in karmischer Verstrickung gefangen und erlösungsbedürftig sind. Deshalb bestehen als Relikte der alten vorbuddhistischen Religion noch heute die Heimstätten unterschiedlicher Götter. Die wichtigsten des modernen singhalesischen Buddhismus sind Vishnu und Kataragama, weitere sind Natha und Pattini, und daneben gibt es noch eine Gruppe von vier Schutzgöttern.

Zu diesen vorbuddhistischen Tempeln kommen auch noch heute die Bewohner Sri Lankas, um die Geister und Götter zu ehren. Auch bitten sie um Hilfe, legen Gelübde ab und bringen bestimmte Opfer dar. Tempeldiener nehmen die Opfergaben entgegen und verbinden sich für die Hilfesuchenden mit den Gottheiten. So hatte es auch Bhantes Mutter getan. Sie hatte bereits vier Mädchen und einen Jungen geboren. Als sie erneut schwanger war, wünschte sich einen weiteren Sohn. Damit sich dieser Wunsch erfülle, begab sie sich in einen der Tempel. Dort flehte sie die Gottheit an, sie möge wieder einen Sohn bekommen. Als Bhante sich all dessen bewusst wurde, wusste er, wie sehr sie ihn liebte.

Die Enttäuschung, seine Mutter am Tag seiner Ordination nicht unter den Besuchern zu sehen, konnte aber seiner Freude wenig anhaben, hatte er doch lange auf diesen Tag gewartet – den Tag seiner Ordination, den er nun, fünfzehn Jahre alt, erleben durfte.

Als im dritten Jahrhundert vor Christus ein Ableger des Bodhi-Baums, unter dem Siddharta Gautama erleuchtet wurde, nach Anuradhapura kam, hätte jeder Tempel in Sri Lanka danach gern einen Ableger des Ablegers davon erhalten. Gerade am Tage von Bhantes Ordination wurde im Purvarama-Tempel in Naiwala, einem der drei Tempel, für die der Abt Maha Thera Gunaratana zuständig war, ein solcher Ableger eingepflanzt. Zu diesem Tempel zog die Gemeinde in einer festlichen Prozession, begleitet von Tanz, Trommeln und Schellengeläute. Dort fand dann die feierliche Zeremonie statt. Es war ein großes Fest

Zu Beginn dieser Zeremonie übergeben die Eltern das Kind offiziell dem Tempel, und das hat einen historischen Hintergrund: Als Siddharta Gautama Haus und Familie verließ, um als Mönch zu leben,

hatte der Abschied seinem Vater große Sorge bereitet. Sieben Jahre später, nachdem Gautama erleuchtet worden war und er in seine Heimat zurückkehrte, sagte seine Ehefrau Yasodara zu ihrem gemeinsamen Sohn:
„Rahula, das ist dein Vater, er ist der Thronfolger und sehr vermögend. Sprich mit ihm, damit du als sein Erbe sein Vermögen bekommst!“
Als Buddha zum Tempel ging, fasste sein siebenjähriger Sohn seine Hand und bat ihn:
„Vater, bitte gib mir mein Erbe!“
Buddha ging daraufhin mit seinen Sohn in den Tempel, und übergab ihn der Sangha, der Gemeinschaft der Mönche, mit den Worten:
„Mein Sohn, du wirst Mönch. Das ist mein wertvollstes Erbe!“
Suddhodana, Buddhas Vater, war sehr unglücklich, als er davon hörte, eilte zum Tempel, traf seinen Sohn und klagte:
„Als du deine Familie verlassen hast, milderte dein Sohn meine Trauer. Jetzt nimmst du auch ihn von mir!“
Buddha verstand seinen Vater und stellte daher eine Regel auf, die besagt:
„Wir nehmen einen Mönch nur mit dem Einverständnis seiner Eltern und nächsten Angehörigen auf.“

Diese Regel wird bis heute beachtet. So nahm Bhantes Vater dessen Hand und legte sie in die Hand des Lehrers. Damit übergab er ihn dem Abt, und der Sangha. Danach wurden dem weiß gekleideten Bhante die Haare geschoren, er duschte und man legte ihm seine Robe an. Dann rezitierte er einige vorbereitete Verse auf Pali, mit denen er offiziell um das Mönchstum bat. Einer der ältesten Mönche trug zuerst die Zufluchtsverse vor, die immer dreimal rezitiert werden:

Buddhan Saranan Gacchami,
Dharman Saranan Gacchami,
Sanghan Saranan Gacchami,

Danach die zehn Novizenregeln: nicht töten, nicht stehlen, nicht lügen, Verzicht auf Geschlechtsverkehr, auf Rauschmittel, nicht tanzen, singen oder auf Musikinstrumenten spielen, sich nicht schmücken oder parfümieren, kein hohes und breites Bett nutzen, kein Essen nach dem Mittag einnehmen, Gold und Silber weder berühren noch besitzen

Zwei ältere Mönche erklärten in Dharma-Reden, was das Mönchstum und die Regeln bedeuten. Auch Bhante hatte sich darauf vorbereitet, eine Dharma-Rede zu halten. Als er das Mikrofon erhielt, zitterte er aber so stark, dass er nur hinter einem Fächer versteckt und mit geschlossenen Augen zu reden imstande war. Er hielt den ganzen Vortrag auswendig.

Mittags brachte er vor Aufregung kaum einen Bissen der köstlichen Speisen herunter. Als er deshalb abends hungrig war und eine Kleinigkeit essen wollte, wurde ihm das von seinem Lehrer verwehrt. Hatte Bhante doch gerade das Gelübde abgelegt, die zehn Novizenregeln einzuhalten. Nach denen aber gab es nach der Mittagszeit nichts mehr zu essen. Nicht einmal Milch in den Tee.

Man achtete, besonders am Anfang, sehr darauf, dass die Regeln eingehalten wurden. Wie jeder Junge hörte auch Bhante gern Radio und Musik, aber sein

Lehrer kontrollierte und verbot es. Dabei erklärte er den Sinn dieser Maßnahmen:
„Du wirst einmal im Rückblick auf die ersten zwei Jahre deines Mönchstums zufrieden mit dir sein, weil du alle Regeln korrekt eingehalten hast."

Eine der Verhaltensregeln ist, das Verlangen nach Sex zu besiegen. Einem Laien wie mir scheint es schwierig zu sein, diese Regel einzuhalten, und wie ich höre, stimmt das: Auch für Bhante stellte dies eine besondere Herausforderung dar. Sein Lehrer unterstützte ihn dabei mit hilfreichen Ratschlägen:
„Streichle dir bei Verlangen über den Kopf und erinnere dich daran: Ich bin ein Mönch, ich habe keine Haare mehr! Schau dir im Spiegel dein Mönchsgewand an und erinnere dich: Ich bin kein gewöhnlicher Mensch mehr. Angesichts der Reize hübscher Frauen frage dich: Wie alt ist diese Frau? Kommst du zu der Antwort: sie wird zwanzig Jahre alt sein, sage dir: Sie ist so alt, wie meine jüngere Schwester. Kommst du zu der Antwort: Sie wird dreißig Jahre alt sein, sage dir: Sie ist so alt wie meine ältere Schwester. Und dann sage dir: Ich kann doch keinen Sex mit meinen Schwestern haben!

Für einige Monate besuchte Bhante eine Schule, die Novizen ausbildet. Sie war nicht weit von seinem Tempel entfernt, aber trotzdem nicht mit öffentlichen Verkehrsmitteln erreichbar. So blieb ihm nichts anderes übrig, als dort ins Internat zu gehen. Die Schule befindet sich im Bereich eines bekannten historischen Felsentempels, dem Varana Mangalagiri Pirivena. Morgens und abends verrichteten die Mönche und Novizen dort buddhistische Zeremonien. Das bedeutete, zweimal täglich mehr als dreihundert Stufen hinauf zu steigen, um zum heiligen Schrein auf der Spitze des Berges zu gelangen. Bhante machte das Spaß, denn von da oben konnte er weit über die umliegende Landschaft blicken, über Berge, Wälder und Felder. Städte waren nicht zu sehen. Er liebte diesen Blick!

Allerdings gefiel ihm das Internat nicht. Das Ausbildungstempo schien ihm zu langsam. Seinem Wunsch nach einer Veränderung wurde glücklicherweise entsprochen, und bereits nach einem halben Jahr durfte er in das bekannte buddhistische Ausbildungszentrum Sadananda Pirivena in Doranagoda wechseln, wo er zwei Jahre, bis zur elften Klasse, blieb.

Nach seiner Ordination hatte Bhante ein Buch mit dem Titel *Dharmapada* geschenkt bekommen, eine Sammlung von Aussprüchen des Buddha in Versform und eine der meistgelesenen und bekanntesten buddhistischen Schriften. Die ursprüngliche Version des *Dharmapada* ist Teil des Pali-Kanons des Theravada-Buddhismus. Das Wort „Dharmapada" ist eine Verbindung der Begriffe „Dharma" und „Pada", die viele Interpretationsmöglichkeiten bieten und die ich in diesem Zusammenhang mit „Lehre" (Dharma) und „Pfad" (Pada) übersetzen möchte.

Ähnlich wie die Bibel über Jesus enthält das *Dharmapada* Geschichten, die auf Begebenheiten aus dem Leben des historischen Buddha und seiner Mönchsgemeinschaft zurückgehen. Sie gewähren einen Einblick in die Zeit und die Umstände des Lebens des Buddha und Belehrungen darüber, wie wir heilsam handeln und Unheilsames vermeiden können. So sollten wir ein Handeln vermeiden, das Tränen oder Herzschmerz auslöst. Aber auch fehlende Rücksicht im Alltag gilt es zu vermeiden. Stattdessen sollte sich unser Herz öffnen für Dankbarkeit und

Mitgefühl. Unsere Taten und Worte sollten Freude auslösen. Denn was wir in unserem Alltag tun, das reflektieren wir im Alter, und es fällt früher oder später auf uns zurück. Wenn wir nicht achtsam sind, blind und ohne rechte Anschauung handeln oder reden, wenn wir Unrechtes tun, dann führt das dazu, dass wir leiden, weil uns die Erinnerung daran quält.

Als Bhante dreizehn Jahre alt war und sich bereits als Schüler im Kloster aufhielt, half er einem Freund, Hühner zu töten. Sie spürten sie im Busch des Klostergartens auf. Bhante wusste, das war nicht recht. Es war eine unheilsame Tat, an die er hinterher noch oft denken musste. Später wollte er das wieder gut machen, vom Schlachthof noch lebende Hühner kaufen und sie an Menschen geben, die für sie sorgten. Das hat er getan und tut dies manchmal heute noch. Er selbst wollte niemals Hühnerfleisch essen. Einem Kind fehlt oft noch die Erfahrung und es macht Fehler. Aber im Laufe des Lebens weiß man irgendwann, was heilsam in unserem Handeln ist und was nicht, und dass unheilvolles Handeln zu unheilvollen Konsequenzen führt. Leider handelt man trotzdem nicht immer entsprechend.

Bhante sagte einmal zu mir, dass man auch sehr aufpassen muss, mit welchen Menschen man sich umgibt, denn das eigene Handeln hängt häufig von ihnen ab. Wenn, wie wir es heute erleben, die Zeit immer knapper zu werden scheint, verliert sich schnell die Achtsamkeit auf unser Handeln und Reden. Auch unsere Freunde sind geschäftig. Ihre Wünsche und ihre Freizeitgestaltung betreffen auch uns, denn wir sind alle miteinander verbunden. Deshalb müssen wir darauf achten, so sagte er mir, zu welchen Personen wir Beziehungen pflegen und mit wem wir unsere Zeit verbringen, damit wir nicht aus

Unachtsamkeit oder falscher Rücksichtnahme unheilvoll handeln oder reden.
Über die unterschiedlichen Konsequenzen aus unheilvollem Tun in der christlichen und der buddhistischen Kultur hat Bhante mehrere Erfahrungen gemacht. Bei seiner Arbeit mit Strafgefangenen in Berlin etwa, wo der christliche Denkansatz vorherrscht, erkannte er, dass auf Sünde Strafe folgt und Fehler nicht korrigiert werden können. Der größte Teil der Gefangenen fühlte sich deshalb trotz der Strafe weiter schuldig. Andere hingegen versuchten zu leugnen, dass sie sich strafbar gemacht hatten. Sie betonten, lediglich Opfer ungünstiger Umstände zu sein. Die unheilvolle Tat war in beiden Fällen nicht vergeben.

Eine davon abweichende Betrachtungsweise in der buddhistischen Lehre, schilderte Bhante mir anhand zweier Erlebnisse:
Als Bhante mit seiner Familie die letzten Stunden mit seinem Großvater verbrachte, rief Bhantes Mutter ihn an dessen Sterbebett. Bhante hatte dem Großvater aus Unverstand häufig Streiche gespielt und ihn spaßhaft geärgert. Sein Großvater legte ihm nun die Hand auf den Kopf und vergab ihm alles liebevoll.
In Frankfurt begleitete er einen schwerkranken Mann beim Sterben in einem Krankenhaus, wie andere Ordinierte der Pagode. Dieser Mann war als Laie häufig in der Pagode gewesen und hatte an den buddhistischen Übungen teilgenommen. Er lag seit vielen Jahren mit seiner Tochter im Zwist. Die beiden hatten ihre Beziehung abgebrochen. Auf dem Sterbebett wurde dem Vater eine Versöhnung mit seiner im Ausland lebenden Tochter wichtig. Er strebte einen telefonischen Kontakt an, den die Tochter aber ablehnte. Beide warfen sich gegenseitig

vor, schuld an dem Zerwürfnis zu sein. Es sah aus, als müsste der Sterbende auf eine Versöhnung verzichten. Aber ohne sie konnte er nicht sterben; der Tod wollte nicht eintreten. Erst als der Alte auf Bhantes ernstliche Mahnung hin seinen Stolz aufgab und seiner Tochter verzieh, setzte eine Veränderung ihrer Beziehung ein. Die Tochter erklärte sich zu einem Telefongespräch bereit. Beide weinten, verziehen einander und endlich durfte der alte Mann mit Freude und Dankbarkeit im Herzen sterben.

Wir sind nicht Sklaven unserer Vergangenheit. Die Buddhistische Lehre vom Edlen Achtfachen Pfad leitet uns unter anderem an, die „Rechte Anstrengung“ zu praktizieren. Das gelingt, indem wir „Rechte Erkenntnis“ erlangen und uns danach richten. Das heißt heilsam zu handeln, vom Zeitpunkt der Erkenntnis an: Ab sofort. Was ich bisher nicht heilsam getan habe – ab jetzt tue ich es. Diese „Rechte Anstrengung“ hilft uns, Unheilsames zu meiden und Heilsames zu tun.

Nicht wohlgetan ist solche Tat,
nach deren Tun sich einer grämt
und tränenvollen Angesichts
weinend die Frucht an sich erfährt.

Doch jene Tat ist wohlgetan,
nach deren Tun man sich nicht grämt
und man zufrieden, frohgesinnt,
die Wirkungen an sich erfährt.

Dharmapada Vers 67, 68

In Sri Lanka gibt es für die Mönche zwei schulische Ausbildungswege: Die erste Richtung bietet das Erlernen der drei Ursprungssprachen der buddhistischen Überlieferungen an: Pali, Sanskrit und Singhalesisch. In der zweiten Richtung werden die Novizen zusätzlich in acht weltlichen Fächern unterwiesen, in denen auch die Schüler öffentlicher Schulen unterrichtet werden, wie Mathematik und Erdkunde. Diese heute übliche Ausbildung erleichtert den Novizen den Zugang zur Welt außerhalb des Klosters. In den Fächern dieses zweiten Ausbildungswegs legte Bhante, damals neunzehnjährig, sein Abitur am Maradana Sri Lanka College ab, wohin er ein Jahr zuvor gewechselt war, weil ihm in der früheren Ausbildungseinrichtung verwehrt worden war, das Abitur bereits ein Jahr früher zu machen.

Einen Monat danach starb sein erster Lehrer, Bhante Gunaratana, und obwohl Bhante noch Student war, wurde ihm die Leitung des Tempels übertragen. Das bedeutete für ihn, täglich zusätzlich vermehrte Aufgaben im Kontakt mit Laien wahrzunehmen.

Aufgrund seines guten Abschlusses bekam Bhante einen Studienplatz an der Kelaniya University. Er belegte Geschichte, Linguistik und Singhalesisch, seine Muttersprache. Zusätzlich studierte er im ersten Semester, angeregt von einem Mönchsbruder, Deutsch. Bhante hatte allerdings nicht erwartet, dass diese Sprache so schwer zu erlernen ist, und gab es bald wieder auf. Um zur Universität zu kommen, musste er ungefähr zwanzig Kilometer mit dem Bus fahren, was bedeutete, dass er drei bis vier Stunden täglich unterwegs war.

Die buddhistischen Mönche in Sri Lanka haben viele Privilegien. Sie genießen sie aus demselben Grund, aus dem sie von der Bevölkerung ernährt werden: Man erweist ihnen eine Ehre, weil sie ihr Leben der Lehre des Buddha weihen. So erhalten sie in den Bussen immer einen Sitzplatz in der ersten Reihe. Die Busse, mit denen Bhante fuhr, waren meistens überfüllt und wenn die Busfahrer einen Mönch sahen, der zur Universität ging, dann hielten sie häufig nicht an. Es war in der Zeit der sri-lankischen Studentenunruhen, und die Fahrer hielten die Studenten für Störenfriede und wähnten sie mit linken Parteien im Bunde. Manche machten sich einen Spaß mit den Mönchen, indem sie vorbeifuhren, um ein Stückchen weiter dann doch anzuhalten. Die Mönche rannten hinterher, einer von ihnen durfte einsteigen, die anderen mussten weiter warten. So konnte ohne weiteres eine Stunde vergehen, bevor man endlich im Bus saß. Normalerweise dauert das Studium, das Bhante ausgewählt hatte, drei Jahre. Er allerdings brauchte sieben Jahre, denn wegen politischer Unruhen wurde die Universität immer wieder geschlossen, und bevorstehende Prüfungen mussten verschoben werden.

Auch an den Universitäten selbst gab es Unruhen. Es agierten verschiedene politische Parteien, unter denen die „Linken“ stark vertreten waren. Sie kümmerten sich um die unterschiedlichen Gruppierungen der Jugendbewegung und mischten sich mehr und mehr in die Politik ein, indem sie Demonstrationen und Streiks organisierten. Sie setzten sich auch für bessere Lebensbedingungen der Studenten ein, denn es gab unter anderem zu wenig Studentenwohnheime, und der Staat sollte gezwungen werden, alle Parteien gleich zu behandeln. Aber auf dieses Anliegen ging man nicht ein, sondern stattdessen wurden die monatlichen Geldzuwendungen gekürzt.

Bhante schloss sich keiner Partei an. Erst später, als die Auseinandersetzungen vorüber waren, fühlte er sich verpflichtet, für die „Sri Lanka Freedom Party" aktiv zu werden. Dies meinte er tun zu müssen, weil er diese Partei aufgrund der erschreckenden Erfahrungen der politischen Unruhen gegen diejenigen unterstützen wollte, die verantwortlich für die Gewalt bei den Auseinandersetzungen gewesen waren.

Obwohl er sich während seiner Studentenzeit von den politischen Konflikten fern hielt, beteiligte er sich dennoch einige wenige Male an Demonstrationen, die sich für die Rechte der Studenten einsetzten. Er fand das notwendig, aber es war gefährlich, denn die Polizei versuchte die Kundgebungen zu verhindern, indem sie wahllos auf die versammelten Demonstranten einschlug. Nach solchen Demonstrationen wurden die Universitäten jeweils für zwei bis drei Monate geschlossen.

Es waren insgesamt schwierige Zeiten Ende der 1980er Jahre. Auch Bhante konnte dem Leid, das damals in so vielen Familien herrschte, nicht entgehen. Die Jugendlichen starteten Aktionen, auf die der Staat mit Gewalt reagierte. Immer wieder kam es zu Todesfällen, die nie aufgeklärt wurden – die Regierung hatte eine inoffizielle Armee aufgestellt, die den Auftrag hatte, alle Personen zu eliminieren, die sich gegen den Staat stellten. Diese Soldaten gingen in

Häuser und Tempel und erschossen die Bewohner nach Gutdünken, ohne vorherigen Richterspruch.

Ein Tempel ist in Sri Lanka nicht nur Rückzugsort, sondern auch regionales Kulturzentrum und dient als soziale und seelsorgerische Anlaufstelle für die Bevölkerung. Die Mönche stehen den Menschen in schwierigen Lebenssituationen mit Rat und Tat zur Seite, ermöglichen den Kindern eine Schulausbildung und vermitteln moralische und geistige Werte. Die Jugendlichen auf dem Land verbringen ihre Freizeit in den Tempeln, denn Kinos oder Diskotheken gibt es nicht.

Bhante war damals ein 23-jähriger Mönch. Junge Männer in diesem Alter galten als gefährlich, besonders wenn sie zur Studentenschaft gehörten. Sie wurden von staatlicher Seite unterschiedslos als „Linke" und „Terroristen" angesehen. Viele engagierte Freunde, die von der Linken Partei unterstützt wurden, kamen in seinen Tempel und hielten sich dort zum Essen und Schlafen auf. An einem Tag im Jahre 1989 eskalierte die Situation. Bhante hielt sich gerade mit zwei Mönchen im Speiseraum auf, und trank Tee. Einige Schüler und kleinere Jungen spielten draußen auf dem Hof. Plötzlich hörte Bhante einen großen Lärm. Er dachte, das sei vielleicht der Tankwagen, der an jenem Tag erwartet wurde. Der Fahrer pflegte, wenn er in die Stadt kam, im Tempel zu übernachten, da eine Rückfahrt bei Dunkelheit in dieser unruhigen Zeit nicht ratsam war; außerdem gab es häufig Ausgangssperren.

Kurz vor dem Lärm hatten die Mönche über die schwierige Lage, in der sich das Land befand und die Bedrohung, die von der Armee ausging, gesprochen

und Bhante hatte – nicht ganz ernst gemeint – gesagt:
„Vielleicht trinken wir heute den letzten Tee. Wir wissen nicht, ob vielleicht irgendwann die Armee kommt."
Als das laute Geräusch zu ihnen drang, setzte er scherzend hinzu:
„Das sind sie vielleicht schon. Ihr passt besser auf..."
Aus dem Spaß wurde schnell bitterer Ernst – es war tatsächlich die Armee. Einer der Schüler, die im Hof unter dem Bodhibaum gespielt hatten, kam hereingestürzt und schrie:
"Soldaten!"

Die Mönche, die Bhante besucht hatten, sprangen auf und liefen in Panik davon. Als sie hinausstürzten, wurde einer von ihnen sofort erschossen, der andere konnte sich in ein Reisfeld retten und dort verstecken.

Ungefähr fünfzehn Soldaten waren in den Tempel eingedrungen und schossen wild um sich. Bhante löschte schnell das Licht im Speisesaal, versteckte den Schüler und einen Jungen, der auch in den Saal gelaufen war, unter einer Sitzbank und verbarg sich selbst hinter einer Flügeltür. Draußen wurde weiter geschossen. Er hörte den Sohn seiner Schwester, der sich auch im Tempel aufhielt, schreien. ‚Dies ist meine letzte Minute, ich werde sterben!', ging es Bhante durch den Sinn. Ein Jahr zuvor hatte ihm ein Wahrsager seinen bevorstehenden Tod prophezeit, und ihm stand diese Ankündigung, die er im April, zu Beginn des Neuen Jahres, erfahren hatte, jetzt deutlich vor Augen.

Es war zu der Zeit, zu der die Mönche traditionsgemäß ihre Mönchsbrüder besuchen. Bhante und die

Mönche aus seinem Kloster und der Umgebung besuchten ihre Kollegen, die in der Nähe des früheren Königreiches Anuradhapura, lebten. In dem Dorf beim dortigen Tempels lebte ein Laienanhänger namens Peter, der Zugang zu tiefen Weisheiten hatte: Durch Handlesen konnte er das Schicksal von Menschen erkennen und wahrsagen. Er selbst lebte sehr einfach und machte kein besonderes Aufheben von seiner Begabung. Wenn ihn aber jemand um Hilfe bat, half er gern. Bei dem Besuch übernachtete Banthe mit seinen Mönchsbrüdern im auswärtigen Tempel, wo sie eine kleine Zusammenkunft hatten, bei der auch Peter anwesend war. Einige der Mönche wollten durch Handlesen etwas über ihre Zukunft erfahren. Bhante wusste nicht genau zu sagen warum, aber an diesem Abend wollte er es auch. Peter schaute ernst auf Banthes Handfläche, klappte dann dessen Finger zur Faust zusammen und schob die Hand wortlos weg. Bhante fragte nach dem Grund des seltsamen Verhaltens, aber Peter lehnte eine Antwort ab. Die Mönche aber bestanden darauf, die Frage zu beantworten. Daraufhin schaute sich Peter nochmals Bhantes Hand an und sagte:
„Du lebst nur noch ein Jahr. Falls du doch weiter lebst, ist das ein Wunder – denn du wirst zu neunundneunzig Prozent sterben."
Bhante hatte diese Auskunft damals gelassen hingenommen. Nun aber, an diesem Tag im Jahre 1989, dachte er: „Die Weissagung ist genau ein Jahr her. Jetzt sterbe ich!"

Zwei Soldaten traten in den Raum, in dem er sich versteckte, aber sie sahen ihn nicht, weil es dunkel war. Zwei weitere Soldaten schauten durchs offene Fenster. Bhante wollte niemals jemanden darum bitten, sein Leben zu verschonen; stattdessen begann er mit geschlossenen Augen und gefalteten

Händen eine Pattidāna (Verdienstübertragung) für alle Lebewesen und Götter (Devas) zu rezitieren. Dies ist ein Teil von Puja, („Verehrung“ oder „Ehrerweisung“), das als Ritual zu den wichtigsten Bestandteilen des buddhistischen Alltags in Sri Lanka gehört. Bei dieser Übertragung wird darum gebeten Buddha, Dharma (Lehre) und Sangha (Gemeinschaft) mögen die eigenen Verdienste als Schutz und Gaben annehmen, denn alle Wesen sollen sich daran erfreuen. Am Ende seiner Rezitation öffnete Bhante die Augen und sah ein helles Licht. Er mutmaßte, es käme von den Autoscheinwerfern der Feinde, die nach Verstecken suchten. Aber der Lichtschein nahm an Stärke ab, und Bhante hörte, dass die Soldaten davonliefen. Als er sicher sein konnte, dass sie wirklich fort waren, holte er die beiden Jungen unter der Bank hervor, nahm sie bei der Hand und ging mit ihnen nach draußen.

Ein furchtbarer Anblick bot sich ihnen: Einer seiner Schüler, sein Neffe und ein Mönch lagen tot am Boden. Die Soldaten hatten sie mit Benzin übergossen und angezündet. Bhante fehlte die Kraft, die immer noch brennenden Körper anzuschauen, und er lief verstört in die Reisfelder. Dort traf er den zuvor geflohenen Mönch. Schweigend in ihrer Erschütterung umarmten sie sich ohne Worte. Später beobachteten sie aus der Ferne, wie die Dorfbewohner mit Taschenlampen aus ihren Häusern kamen, um sich die Verwüstung anzuschauen. Da erst kehrten die beiden Mönche zum Tempel zurück.

Die Bewohner wunderten sich über die Rettung der Mönche und baten sie, nicht im Tempel zu bleiben, sondern zu ihnen kommen. Im Tempel sei es zu gefährlich. Es waren ungefähr 60 Personen, die die beiden Mönche zum Schutz begleiteten. Am nächsten Tag erst kehrten sie in ihren Tempel zurück, und die Dorfbewohner halfen der Polizei, die Leichname zur Identifizierung ins Krankenhaus und Gericht zu bringen.

Buddhistische Mönche werden nach ihrem Tod verbrannt. Diese Toten aber wurden offiziell als Kriminelle betrachtet, und für diese ist nur die Erdbestattung erlaubt. Bhantes Neffe wurde deshalb im Tempelgarten begraben. An der Beerdigung nahmen etwa tausend Personen teil.

Bhante war es nicht möglich gewesen, seine Schwester vor der Beerdigung über den Tod ihres Sohnes zu informieren. Wer einmal eine nahestehende Person verloren hat, weiß, wie wichtig das Abschiednehmen ist, und jeder, dem diese Gelegenheit versagt geblieben ist, wird sich immer darüber grämen. Nur zu wissen, dass der geliebte Mensch nicht mehr lebt, nicht mehr erreichbar ist, nie wieder vor einem stehen wird und man nie wieder miteinander sprechen wird, ist eine Sache des Verstandes. Aber das Herz braucht mehr als das Wissen, es muss das Fortgehen des anderen durch den Kontakt fühlen. Die Energie, die mit dem Tod und der Trauer einhergeht, ist nur zu spüren, wenn man sich der Zeremonie des Abschiednehmens stellt – wie auch immer sie in der jeweiligen Kultur oder nach den Gepflogenheiten durchgeführt werden mag.

Gerade im sri-lankischen Buddhismus kommt dem Abschiednehmen durch mannigfaltige Zeremonien eine besondere Bedeutung zu. Dazu gehört auch, mit der toten Person noch eine Zeitlang zusammen zu sein. Das wurde Bhantes Schwester verwehrt, und somit fiel Bhante neben der Trauer um den Neffen auch noch die unsägliche Aufgabe zu, der Mutter nicht nur die Nachricht vom Tod des eigenen Kindes überbringen zu müssen, sondern ihr auch mitteilen zu müssen, dass er bereits begraben war. Begraben, weil er in den Augen der Herrschenden ein Verbrecher war und somit keine Feuerbestattung verdient hatte.

Die acht Stunden, die Bhante für die Fahrt zu seiner Schwester nach Mahadamana benötigte, müssen fürchterlich gewesen sein. Als er ankam, fand er zuerst keine Worte, in die er die traurige Nachricht kleiden konnte. Erst nach und nach, unter vielen Tränen, fasste er sich. Sieben Tage nach dem Tod des Neffen vollzog die Familie dann gemeinsam die Verdienstübertragungs-Zeremonie im Tempel. Daran konnten endlich alle Familienangehörigen teilnehmen.

Seine Familie wollte Bhante nicht mehr allein in den Tempel lassen. So blieb er mit ihnen zusammen in Mahadamana, was ihm allerdings sehr schwer fiel. Es schien ihm, als würde er die Laien seines Tempels im Stich lassen. Andererseits hatte er am eigenen Leibe erlebt, wie gefährlich es im Tempel war – und wer konnte ausschließen, dass die Soldaten nicht noch einmal dort eindrangen? Aber die Entscheidung, bei seiner Familie zu bleiben, brachte für ihn auch keine Ruhe: Im Dorf, in dem seine Familie lebte, gab es einige Bewohner, die mit Mitgliedern der regierenden Partei verbunden waren. Sie vermuteten, das Drama im Tempel sei entstanden, weil Bhante ein gesuchter „Linker" war, der sich nun daheim verstecken wolle. Sie meldeten ihn bei der Polizei, woraufhin er verhaftet wurde. Seine Familienangehörigen hatten nichts damit gewonnen, dass er bei ihnen geblieben war, sondern sie mussten auch hier um sein Leben bangen. Sie befürchteten Folter und Misshandlungen und begleiteten ihn zur Unterstützung auf die Polizeistation.

Dort wurde er einen Tag lang verhört. Seine Familie harrte währenddessen geduldig aus. Per Telefon holte die Polizei bei mehreren Instanzen Informationen über ihn ein, unter anderem bei drei namhaften Mönchen, die ihn gut kannten. Er und seine Freunde erhielten von allen einen guten Leumund. Gegen zehn Uhr abends wurde er endlich mit der offiziellen Aussage, unbescholten zu sein, entlassen. Seine Familie hatte während der ganzen Zeit geduldig ausgeharrt.

Den geschilderten Vorfall wertete Bhante für sich positiv. Er überzeugte seine Familie davon, dass es daheim auch gefährlich sei. Zwar versuchte sie, ihn zu überreden, seine Robe abzulegen, weil er als Laie weniger gefährdet sei. Andere Mönche hatten es bereits aus diesem Grund gemacht. Aber er liebte seine Robe und beschloss, sich zu einem abgelegenen Tempel, Bodhi Raja, in Hinguragoda, zu begeben, wo ein guter Freund von ihm lebte, der ihn schon früher eingeladen hatte. Bhante dachte, dort würde er sicherer sein. Der Lehrer seines Freundes – Sobhita, der Abt des Klosters – hieß ihn herzlich willkommen und unterstütze ihn sehr, und das nicht nur damals, sondern auch später noch. Er half, Bhantes Gefühle der Trauer und Einsamkeit zu überwinden, und wurde ihm sehr lieb. Es entstand eine Art Vater-Sohn-Beziehung zwischen den beiden.

Im Jahre 1990 endlich wurden die Studenten der Universität darüber informiert, dass sie ihr letztes Examen abgelegen konnten. Bhantes Unterlagen waren jedoch beim Überfall auf den Tempel verloren gegangen, und er besaß auch keinen Ausweis mehr.

Daher ging Sobhita mit ihm nach Colombo, kümmerte sich um alles und half Bhante, einen neuen Ausweis zu beschaffen.

Inzwischen waren hochrangige Führer der „Linken" getötet worden, die Gesamtlage hatte sich beruhigt, und die Universität war wieder geöffnet worden. Es gab Studentenwohnheime, wo die Jahrgänge der Studenten gemeinsam untergebracht waren. So konnte sich Bhante mit seinen ungefähr sechzig Kommilitonen zusammen auf das bevorstehende Examen vorbereiten und erhielt von ihnen die Unterlagen, die ihm verloren gegangen waren.

Am Ende eines jeden Jahres wurde an der Universität eine Party veranstaltet. Die meisten Studenten erwarteten, dabei einen hilfreichen Tipp ihres Professors für ihre Abschlussklausur zu bekommen. Ein humorvoller Professor lieferte gleich mehrere, sehr allgemein gehaltene Hinweise:
„Die Prüfungen sind nicht schwierig. Jeder kann die Abschlussnote drei erreichen. Wer aber verschiedene Fachbücher liest und Referenzen bezüglich seiner Kenntnisse über Fachliteratur vorlegt, bekommt die Note zwei. Wer aber gar die Meinung des Professors vertritt, erhält die Note eins. Wer jedoch schlechtes Karma hat, muss sich mit einer vier begnügen."

Das Studentenleben war für Bhante aber alles andere als lustig. Er hatte sich eine Zeit ausgesucht, in der er nur wenige Freunde finden konnte. Das ganze Studium über herrschte im Land – und besonders an der Universität – eine bedrohliche Situation. Die Studenten demonstrierten gegen die Regierung und viele wurden verhaftet. Einige verloren gar ihr Leben.

Nach der schwierigen Studienzeit, die er glücklicherweise mit dem Examen beenden konnte wurde Bhante Lehrer in der Ausbildungsschule für Novizen in Hingurakgode. In den fünf Jahren, die er dort verbrachte, wurde dieser Ort für ihn zur zweiten Heimat. Wie er mir einmal sagte, hat er viele „Heimaten". Dieser Begriff ist bei ihm verbunden mit den Orten, an denen er Hilfe erfuhr.

An der Schule Jayamaga Pirivena in Hingurakgode lernte er drei für ihn wichtige Personen kennen. Einer war der leitende Mönch Derananda. Die Schule war Teil des Tempels, und der bereits 70 Jahre alte Derananda, der noch große Kraft besaß, wurde ihm ein Vorbild. Morgens und abends versammelte er sich mit den Novizen in der Buddhahalle zur Meditation. Er gab Bhante den Titel eines „Direktors von Vinaya". Die Aufgabe, die damit verbunden war, bestand darin zu kontrollieren, ob die Novizen ihre Regeln einhielten, und ihre Disziplin und Sitten zu fördern.

Als Bhante nach Deutschland ging, unterstützte Derananda seine Familie. Besonders dringlich wurde das im Jahre 1997, als plötzlich eine von Bhantes Schwestern starb und sieben Waisen hinterließ, denn bereits vorher hatten die Kinder den Vater verloren. Große finanzielle Not überkam die Familie, die Derananda dadurch milderte, dass er zwei der Söhne zu sich in den Tempel nahm und dort als Novizen erzog. Sie erhielten eine Ausbildung, sind inzwischen vollordinierte Mönche und leben heute in Deutschland.

Die zweite wichtige Person für Bhante, der er in Hingurakgode begegnete, war Bhante Deegala. Er arbeitete in der Schule als Lehrer, strahlte eine besondere Ruhe und Gelassenheit aus und hatte ein weites und großes Herz. 1992 gründete er den „Hospital-Service" – eine Einrichtung für Menschen, die in Krankenhäusern behandelt werden mussten. Bhante Deegala besuchte sie von Zeit zu Zeit, sprach mit ihnen und spendete Segen. Für die Patienten, die kein Geld hatten, ihre Rezepte einzulösen, nahm er Verbindung mit wohlhabenden Leuten auf und stellte den Kontakt zu den Kranken her, damit ihnen geholfen werden konnte.

Bhante, der sich nach und nach in diese Aufgabe eingebracht hatte, und Bhante Deegala besprachen, ob und wie sie die Tätigkeiten für die Kranken ausweiten könnten. Sie diskutierten verschiedene Pläne und entschieden endlich, ein Zentrum zu gründen. Bhante und Bhante Deegala arbeiteten als Lehrer und bezogen ein Gehalt. Das gaben sie auf ein Spendenkonto, denn für ihr Leben, Unterkunft und Verpflegung, bekamen sie genug von den Laien. Von dem Geld konnten sie 1992 ein Grundstück in Yakkala kaufen, um dort ein soziales Zentrum zu errichten. Denn obwohl es in Sri Lanka genügend Tempel gibt, bleibt aufgrund der Traditionen wenig Zeit für soziale Arbeit. Die Mönche sind meistens damit beschäftigt ihre Landsleute in Zeremonien und ähnlichem anzuleiten.

1995 wurde mit einigen Hilfskräften mit dem Bau begonnen. Auf das zunächst errichtete Fundament setzte man später zwei Zimmer darauf.

Für Buddhistische Mönche gibt es normalerweise die Regel, kein Geld oder Gold und Silber anzufassen. Es ist allerdings schwierig, manche Regeln heute noch wortwörtlich zu befolgen. Denn diese hatte der Buddha auf ganz bestimmte Situationen und Menschen bezogen, und das zu einer Zeit, die von der heutigen sehr weit entfernt ist. Dass die strikte Einhaltung dieser Regeln nicht unbedingt notwendig, ist, hat der Buddha selbst in der letzten Lehrrede, dem Mahaparinibbana-Sutta, eingeräumt. Er hatte seinem Assistenten Ananda aufgetragen, den Mönchen die Möglichkeiten zu eröffnen, manche Regeln bei Bedarf und von Zeit zu Zeit zu ändern. So ist es heute zum Beispiel üblich, dass die Mönche ihre Fahrkarten selbst bezahlen.

Im Zweiten Historischen Konzil, das ungefähr einhundert Jahre nach dem Tod oder wie es unter den Buddhisten heißt, nach dem Erlöschen des Buddha, stattfand, gab es eine lebhafte Diskussion darüber, welche Regeln veränderbar seien und wie der Buddha es gemeint haben könnte. Man erinnerte sich daran, dass er selbst gewisse Regeln umgestoßen hatte: Als die Mönche ihn einmal darauf aufmerksam machten, der steinige Boden verletze ihre Füße, erlaubte er ihnen, Schuhe zu tragen. Als sie beklagten, dass sie bei großer Hitze stark schwitzten, hob er die Regel auf, nur einmal in der Woche zu baden. Aber auf dem Konzil wurde keine Einigkeit erreicht. Einige Mönche plädierten für die eingeräumte Freiheit, andere, eher konservative, lehnten sie strikt ab und setzten sich um Unklarheiten und Missbrauch zu vermeiden dafür ein, die Regeln genau so einzuhalten, wie Buddha sie aufgestellt hatte.

Die dritte Person, die für Bhante in Hingurakgode wichtig wurde, war Bhante Piyaratana. Er war Hauptlehrer in der Ausbildungsschule für Mönche, und es schmerzte ihn sehr, als Bhante Hingurakgode verließ; er vergoss sogar Tränen beim Abschied. Der Kontakt zwischen den beiden ist nie abgerissen. Bis heute sind sie in Freundschaft und Brüderlichkeit verbunden, und Piyaratana hat Bhante später zweimal in Deutschland besuchen können.

1995 kam Bhante wieder zurück nach Doranagode, an seine ehemalige Ausbildungsschule Sadananda Piriwena. Diesmal jedoch als Lehrer. Der Abschied von Hingurakgode fiel ihm schwer, denn er hatte während der fünf Jahre, die er dort verbrachte, eine enge und herzliche Verbindung zum Abt, den anderen Lehrkräften und den Schülern aufgebaut. Andererseits freute er sich darauf, in der Nähe von Colombo zu sein, wo er mehr Möglichkeiten hatte, weiter zu studieren. Die politischen Auseinandersetzungen, die das Leben während seines Studiums so schwierig gestaltet hatten, waren inzwischen abgeklungen. Bhante traf seine alten Kollegen erneut und nahm seine Englischstudien wieder auf.

Im Jahre 1996 hörte er das erste Mal vom Buddhistischen Haus in Berlin. Zwei von Bhantes Kameraden seiner alten Ausbildungsgruppe in Doranagode lebten dort. Als einer von ihnen nach Sri Lanka zurückkehrte, um seine Robe abzulegen, fragte ihn Bhante Devananda, der Abt des Buddhistischen Hauses, ob er nicht an Stelle des nach Sri Lanka zurückgekehrten Mönchs nach Berlin kommen wolle. Bhante fand das Angebot verlockend und nahm es gern an.

Das Buddhistische Haus unterhält in Colombo eine Trägergesellschaft, die „German Dharmaduta Society". 1996 wurde Bhante dorthin zu einem Vorstellungsgespräch eingeladen, das er erfolgreich absolvierte, sodass er für das Buddhistische Haus in Berlin ausgewählt wurde. Er empfand große Dankbarkeit gegenüber Devananda und der Trägergesellschaft, denn ohne sie wäre sein Aufenthalt in Deutschland nicht möglich gewesen. Tun zu können, was vielen Sri Lankanern nicht vergönnt war, schien ihm wie ein kleines Wunder: Er durfte ins Ausland reisen! Besonders beliebt waren Reisen nach Europa oder in die USA. Auch Bhante hatte diesen Wunsch gehegt, es schon einmal versucht, und sich, erfolglos, für ein Studium in Indien beworben. Nun aber, im Jahre 1996, trat er seine große Reise nach Deutschland an.

Vor seiner Abreise war er sehr aufgeregt und machte sich viele Gedanken darüber, was ihn in dem fremden Land erwartete, wie er mit den Menschen umgehen würde oder sie mit ihm. Über die Deutschen hatte er viel Negatives gehört, von Hitler und von Ausländerfeindlichkeit. Zudem war er traurig, sein Heimatland, seine Verwandten und Freunde zu verlassen.

Das Buddhistische Haus in Berlin-Frohnau wurde im Jahre 1924 von Dr. Paul Dahlke begründet, und ist damit das älteste Buddhistische Zentrum in Europa. Dahlke, 1865 geboren, war ein deutscher Arzt, und einer der maßgeblichen Wegbereiter des Buddhismus in Deutschland. Er hat zahlreiche Aufsätze und Bücher über die Lehre des Buddha veröffentlicht und buddhistische Schriften ins Deutsche übersetzt. Er nutzte das Haus für seine Vorträge, starb aber leider bereits vier Jahre nach der Gründung des Hauses. Familienmitglieder und Freunde führten das Haus fort, mussten die Arbeit dort allerdings bei Ausbruch des Zweiten Weltkriegs unterbrechen. Nach dem Krieg diente es erst Flüchtlingen als Bleibe und verkam danach, weil finanzielle Mittel, das Haus zu erhalten und im Sinne Dr. Dahlkes weiterzuführen, fehlten. Sogar ein Abriss wurde erwogen. 1957 jedoch erfuhr der damalige Sekretär der „German Dharmaduta Society" in Colombo, Asoka Weeraratna, von dem Haus.

Asoka Weeraratna war ein bemerkenswerter Mann. Er hatte im Jahre 1951 seine erste Geschäftsreise nach Westdeutschland unternommen, wo er auf viele Menschen traf, die ihre Familien und ihren Besitz verloren hatten. Das Land hinterließ bei ihm einen tiefen Eindruck, und es schien ihm nach einer moralisch-spirituellen Alternative, die Wert auf Frieden und Gewaltlosigkeit, auf Mitgefühl und liebende Güte setzt, zu dürsten. Bei seiner Rückkehr nach Colombo gründete er die „German Dharmaduta Society" (damals noch unter dem Namen „Lanka Dhammaduta Society"). Ziel war es, den deutschen Theravada-Buddhisten dabei zu helfen, die Buddhistische Lehre in Deutschland zu verbreiten, und ein dauerhaftes buddhistisches Zentrum zu etablieren.

Dieses Ziel verfolgte Asoka Weeraratna beharrlich. Er hatte zwischenzeitlich zu allen Buddhistischen Gemeinschaften in Deutschland Kontakt, als er von dem Haus in Berlin erfuhr. Auf eigene Kosten reiste er nach Sylt, wo die Eigentümer lebten, um mit ihnen persönlich zu verhandeln. Im Dezember 1957 übernahm er das Haus im Auftrag und im Namen der Treuhänder der „German Dharmaduta Society".

Danach nahm Asoka Weeraratna sein nächstes Ziel in Angriff – die Errichtung eines ruhigen Waldklosters in Sri Lanka. Er kaufte ein großes Stück Bergland und ließ ein Kloster bauen, in dem er selbst als Mönch unter dem Namen Mitirigala Dharmanisanti zurückgezogen von allen weltlichen Tätigkeiten bis zu seinem Tode lebte.

Bereits im Jahr des Erwerbs des Hauses in Berlin wurden buddhistische Mönche von Sri Lanka nach Berlin geschickt. Dr. Dahlkes Wunsch wurde wahr: Buddhistisches Leben wurde nicht nur vermittelt, sondern tatsächlich auch ausgeübt. Die Lehre Buddhas wird hier bis zum heutigen Tage vermittelt, es finden Veranstaltungen und Meditationsseminare statt.

Als Bhante in Berlin ankam, wurde er von Bhante Devananda empfangen. Allein dessen Anblick erfüllte ihn schon mit großer Freude. Doch als er in Berlin-Frohnau das Buddhistische Haus und die Tempelanlage betrat, hatte er das Gefühl, nach Hause gekommen zu sein. Das Gelände erinnerte ihn an Tempelanlagen in Sri Lanka: Auf einem Hügel gelegen, führt eine Treppe hinauf, an deren Fuß sich ein Tor mit dem Schriftzug „Das Buddhistische Haus“ befindet.

Zwei Dinge, das wusste Bhante, würden gravierend anders sein: Das Wetter und die Sprache. Da er im Sommer nach Deutschland gekommen war, hatte er zunächst keine Probleme mit dem Klima, und er konnte sich langsam auf die kälteren Jahreszeiten einstellen. Mit der Sprache war es schon schwieriger. Bhante hatte zwar an der Universität die deutsche Sprache erlernt, aber, wie er fand, nur unzureichend. Beim Sprechen hatte er daher Angst, Fehler zu machen. In Sri Lanka, das hatte er selbst beobachtet, ernteten Menschen höhnisches Gelächter, wenn sie falsch Englisch sprachen. Aber in Deutschland fand er davon nichts, hier wurde anders damit umgegangen. Seine deutschen Bekannten gaben sich viel Mühe, seine sprachlichen Leistungen anzuerkennen und lobten ihn. Für ihn ein Ansporn, besser Deutsch zu lernen. Auch nahm ihm niemand übel, dass er den Text bei geführten Meditationen von einem Zettel ablas. Er schrieb sich alles vorher auf, um keine Fehler zu machen. In Sri Lanka wird von jemandem, der etwas abliest, vermutet: Er weiß nichts. In Deutschland dagegen spürte Bhante, dass die Leute wussten, warum er es tat: Er wollte es fehlerfrei vortragen.

Bhante fühlte sich sehr wohl in Berlin und arbeitete sich gut ein. So gut, dass die Buddhistische Trägergesellschaft ihm, als Bhante Devananda nach zwei Jahren das Buddhistische Haus verließ, die Leitung übertrug.

Bhante sagt, dass er glücklich und dankbar sei über seine vergangenen Jahre in Deutschland, besonders auch darüber, viele erfahrene Ordinierte und Laien getroffen zu haben. Er denkt dabei an Bhante Dhammadipa und Ashin Ottama (beide aus Tschechien), Bhante Panyavaro aus Australien, Archin U. Nanda Mala aus Myanmar, aber auch an erfahrene und gelehrte sri-lankische Mönche: Bhante Gunaratana, der zurzeit in West-Virginia, USA, lebt, oder Bhante Seelawansa aus Wien. Wenn er an die Nonnen denkt, fällt ihm ein, dass Ayya Agganyani eine große Rolle in seinem Leben gespielt hat; er hat mit ihr eine gemeinsame Zeit im Buddhistischen Haus in Berlin verbracht. Aber auch die sri-lankische Nonne Bhikkhuni Kusama und Ayya Ariyanani aus der Schweiz kommen ihm in den Sinn.

Diese und andere erfahrene Mönche und Nonnen konnte er in das Buddhistische Haus nach Berlin einladen, wo sie für einige Tage oder sogar eine Woche Seminare abhielten. Besonders in Erinnerung geblieben sind ihm zwei Mönche: Da ist zum einen Bhante Dharmadipa, dessen Erkenntnisse und Erfahrungen Bhante für unzählbar hält. Dharmadipa, der in Tschechien geboren, aber in Deutschland aufgewachsen ist, spricht mindestens sechzehn Sprachen, besitzt umfassende Erkenntnisse über die buddhistischen Richtungen Theravada und Mahayana und hat zudem, wie Bhante immer wieder bemerkte, ein sehr großes Einfühlungsvermögen. Von Jugend an interessierte er sich besonders für die Spiritualität im Buddhismus, und er wählte das Buddhistische Haus in Berlin, um seine Spiritualität zu praktizieren. Bhante machte persönliche Erfahrungen mit Dharmadipas Fähigkeiten: Im Buddhistischen Haus in Berlin suchte er ihn bisweilen in seinem Zimmer auf, um ihn etwas zu fragen. Bhante nahm Platz, und noch bevor er etwas sagen konnte, fing Damadipa von sich aus an, die Fragen zu beantworten.

Der andere Mönch, der Bhante in besonderer Erinnerung geblieben ist, heißt U Nandamala – ein sehr lebendiger, humorvoller, einfacher Mensch und gleichzeitig ein sehr erfahrener, gelehrter burmesischer Mönch, der in Sri Lanka und Indien studiert hat. Zwischen Sri Lanka und Burma besteht eine lange historisch-geistige Verwandtschaft; deshalb war es für Bhante einfach, mit U Nandamala umzugehen, der zwei deutsche Schülerinnen als Assistentinnen mit nach Berlin brachte. In Burma ist es bis heute nicht erlaubt, Nonnen zu ordinieren, aber U Nandamala ordinierte die Schülerinnen, weswegen er vereinzelt heftig kritisiert wurde – denn das kam in Burma einer Palastrevolution gleich.

Eine schöne Begebenheit, die zeigt, wie eng die Verbindung der beiden Nonnen zu ihrem geistigen Lehrer war, ist diese: Täglich bereiteten sie ihm seine Mahlzeiten zu. Nachdem sie herausgefunden hatten, was ihm besonders gut schmeckte, servierten sie ihm stets das gleiche. Insgeheim, so sagte U Nandamala einmal zu Bhante, liebe er jedoch die Abwechslung und er beneidete den Bhante darum, sich seine Speisen frei auswählen zu können.

Aber nicht nur die Mönche und Nonnen, die Bhante im Buddhistischen Haus in Berlin traf, lassen ihn gern an die Zeit dort zurückdenken. Auch an die vielen Laien, die selbstlos und ehrenamtlich halfen, beispielsweise bei den Büroarbeiten, erinnert er sich gern.

Einer der Laien war besonders eifrig und hilfreich. Er war ein Rechtsgelehrter, der nahezu jede Woche zwei- bis dreimal frühmorgens ins Haus kam und bis zum Abend blieb. Er verrichtete alle möglichen Arbeiten, wobei er jedes Mal vorher um Erlaubnis bat. Er sprach wenig, pflegte den Hof, reinigte die Toiletten, arbeitete im Garten, reparierte die Schäden am Dach und an den Wänden, behandelte das Haus, als sei es sein eigenes. Wenn jemand anderes dort eine Arbeit verrichtete, bedankte er sich bei ihm dafür. Nie erwartete er eine Gegenleistung. Gab man ihm ein Geschenk, sagte er, er wolle nichts. Er lebte vom Sozialamt, und bekam er von dort mehr Geld, als er brauchte, spendete er es. Die Geschichte mit diesem Laien endete jedoch tragisch: Eines Tages setzte er seinem Leben ein Ende. Vermutlich konnte er nicht ertragen, dass es Bestrebungen gab, einen Teil des Geländes des Buddhistischen Hauses zu verkaufen. Jedenfalls hatte er vor seinem Selbstmord geäußert, dass er sehr traurig darüber sei und hatte, um den Verkauf zu verhindern, eine Buddha-Statue auf dem betreffenden Geländeabschnitt aufgestellt.

Nicht wegen ihrer Hilfeleistungen, sondern aus einem ganz anderen Grund erregte eine wohlhabende Frau Bhantes Aufmerksamkeit. 1997 besuchte sie, deren Mann als Pilotentrainer im Ausland tätig war, das Buddhistische Haus und klagte darüber, dass sie wegen vieler nächtlicher Störungen nicht gut schlafen könne. Sie höre in ihrem Haus immer Schritte, Knarren und Türenschlagen. Auf verschiedenen Wegen schon hatte die Frau probiert, der Sache auf den Grund zu gehen. Aber nichts hatte bisher geholfen. So bat sie in ihrer großen Angst im Buddhistischen Haus um Hilfe. Banthe kannte das aus Asien, wo viele Menschen glauben, dass unangenehme Erfahrungen und negative Energien entweder von Verstorbenen oder aus dem All, vielleicht von anderen Planeten kommen. Nun erlebte er, dass es in Deutschland nicht viel anders war.

Der leitende Mönch, Bhante Devananda erzählte ihr, dass es in der buddhistischen Tradition Schutzverse des historischen Buddha gibt, die man als Segnungen rezitieren kann. Daraufhin wurde mit der Frau ein Termin vereinbart, um die Rezitationen an drei Tagen stattfinden zu lassen. Man ermahnte die Frau, an den Tagen der Zeremonie keinen Alkohol zu trinken. Sie sagte, das könne sie nicht versprechen, denn Alkohol sei das Einzige, mit dem sie ihre Angst vor dem Poltergeist, wie sie es nannte, betäuben konnte. Bhante Devananda versicherte ihr, das Übel garantiert zu beheben, sie brauche keinen Alkohol.

Bhante und Bhante Devananda hatten Erfahrungen mit ähnlichen Vorkommnissen in Sri Lanka gemacht. Deshalb hatten sie den Eindruck, dass es ein unsichtbares Wesen sein könnte, das die Störungen verursachte. Bhante Devananda fragte die Frau, ob kürzlich jemand aus der Familie gestorben sei. Das war tatsächlich der Fall - vor wenigen Wochen war ihr Vater verstorben. Dann fragte er sie nach der Beziehung zu ihm und erfuhr, dass sie sehr schlecht gewesen war. Selbst zum Zeitpunkt seines Todes hatte es noch heftigen Streit gegeben. Den beiden Mönchen wurde klar, dass der Verstorbene positive Kräfte erwarte, damit es ihm in seinem Dasein nach dem Tod besser gehe. Am ersten Tag der Rezitationen geriet die Frau in heftige Zuckungen und ihr Gesicht verzerrte sich. Am Ende der Rezitationen war das jedoch vorüber und sie wirkte wieder normal. Zum Abschluss der drei Tage wurde von den Mönchen die traditionelle buddhistische Verdienstübertragung vollzogen. Alle Störungen waren nach den Rezitationen beseitigt und die Ängste der Frau überwunden. Sie praktizierte danach buddhistische Übungen und half dem Zentrum aus Dankbarkeit in vielerlei Hinsicht.

Bhante war glücklich darüber, dass sich die Erwartungen der Frau erfüllen konnten. Das ist nicht immer so, und er selbst hatte auch Wünsche und Erwartungen, die sich nicht erfüllten. Aber selten war er deshalb unzufrieden, auch in Notzeiten nicht, die es durchaus gegeben hatte. Gerade nach solchen schweren Zeiten machte er die Erfahrung, dass sein Leben zufriedenstellender war, wenn er sie überstanden hatte. Die Wende war immer wie von selbst gekommen, ohne besonderes Zutun seinerseits. So hatte er drei wundersame Erlebnisse in Situationen, in denen es ihm an Geld fehlte. Kleine Wunder geschahen – wobei als „Wunder" oder „Zufall" lediglich ein Ereignis bezeichnet wird, für dessen Eintritt es keinen kausalen Zusammenhang zu geben scheint, keine nachvollziehbare Ursache. Aber es nur so, dass wir die Ursache nicht kennen, denn alles ist von allem bedingt.

Eines Tages erhielt Bhante die Nachricht, ein Bekannter von ihm sei schwer an Krebs erkrankt. Für die teure Heilbehandlung war kein Geld vorhanden. Bhante hatte auch kein Geld und machte sich über die Situation des Kranken viele Gedanken. Als er am nächsten Tag nach dem Besuch der Sprachschule – es war in Berlin – seinen gewohnten Heimweg zurücklegte, sah er in der menschenleeren Gegend zwei neue 100-DM-Scheine auf der Straße liegen. Außer ihm war kein Mensch weit und breit zu sehen. Er überlegte, was zu tun sei und kam zu dem Schluss: Ein Engel hatte ihm dieses Geld geschickt. Er nahm es und gab es dem Kranken.

Ein anderes Mal hatte er nach dem Kauf eines Tickets nach Sri Lanka kein Geld mehr zum Leben übrig. Einen Tag vor seiner Reise räumte er sein Bett aus und fand unter der Matratze einen Beutel mit 1.200 DM. Sein Bett hatte er schon oft ausgeräumt, aber nie Geld gefunden, nur dieses eine Mal.

In Frankfurt, wo er zu der Zeit lebte, wollte ihn im Jahre 2011 einer seiner Lehrer, Bhante Somaratana, besuchen. Bhante wollte ihm Westeuropa zeigen und kaufte ihm das Ticket für den Flug und die Bahnfahrten nach Berlin, Hamburg, Brüssel und Paris. Wieder hatte er alles Geld verbraucht. Mit Bhante Somaratana, der sich sowieso Sorgen über seine Finanzen machte, wollte er nicht darüber sprechen. Als er in jenen Tagen seine Wäsche wusch, fand er, als er seine Sachen aus der Waschmaschine herausgenommen hatte, einen neuen, trockenen 500 Euroschein. Er hielt ihn ans Licht, um zu prüfen, ob er echt war. Es war alles in Ordnung. Auf die Frage, ob ihn ein höheres Wesen beschenkt hatte, fand er keine Antwort.

Aber nicht nur im Buddhistischen Haus hatte er viele Kontakte und Begegnungen, die ihm in angenehmer Erinnerung sind. So wurde ihm Gelegenheit gegeben, mit Schulklassen zu arbeiten. Teils wurde er in die Schulen eingeladen, teils besuchten die Schüler das Buddhistische Haus. Er bemerkte oft, dass sich die Schüler gut auf ihren Unterricht vorbereitet hatten und schon einiges über den Buddhismus wussten. Durch diese Beobachtungen wurde ihm klar, dass sich Kinder schon sehr gut tief eindenken können in etwas, das sie offensichtlich interessiert.

Eine Legende berichtet, dass Siddharta einen Tag vor seiner Erleuchtung unter dem Bodhibaum eine goldene Opferschale geschenkt bekam. Er ging zum Fluss und legte die Schale hinein, um ein Zeichen zu erlangen: Sollte sie gegen der Strömung schwimmen, würde er seinen Weg auch gegen die übliche Strömung gehen. Das war seine Absicht, und die Schale schwamm gegen die Strömung. Eine deutsche Schülerin, ungefähr dreizehn Jahre alt, hatte diese Legende gelesen und fragte Bhante:
„Warum spendete Siddharta die Schale nicht den Armen?"
Bhante erklärte ihr, dass für Siddharta Gautama das Vorangehen wichtig war, und er diese symbolische Handlung für die Klärung und Ermutigung für seinen Weg benötigte

Wenn ihn auch die intensive Beschäftigung der Kinder mit dem Buddhismus erfreute, so wunderte er sich doch darüber, wie respektlos sie sich manches Mal gegenüber ihren Lehrern verhielten. Das war er als Schüler in Sri Lanka anders gewohnt gewesen. Dort üben sich die Kinder in Respekt gegenüber den Lehrern. Sie betrachten sie als Ehrenpersonen und zeigen Dankbarkeit. Kommt der Lehrer in die Klasse, stehen die Schüler auf, falten die Hände und grüßen mit freundlichem Respekt. Ebenso verhalten sie sich am Ende der Schulstunde. Während des Unterrichts dürfen die Schüler nichts nebenbei machen oder miteinander sprechen und werden vom Lehrer aufmerksam beobachtet; ungehörige Kinder werden aus dem Raum geschickt.

Die Einstellung der meisten deutschen Lehrer, jedenfalls, soweit Bhante sie kennenlernte, war anders. Sie erteilten ihren Unterricht – und damit hatte es sich. Mehr interessierte sie nicht. So setzte Bhante die Lehrerschaft mit seinem Umgang mit den Kindern in Verwunderung: Er gab zur Einführung klar zu verstehen, dass er eingeladen war, um fünfundvierzig Minuten über Buddhismus zu sprechen. Wer kein Interesse daran habe, könne den Raum jetzt verlassen. Aber von denen, die blieben, erwarte er, dass sie nebenbei nichts anderes schrieben oder miteinander sprachen. Er fügte hinzu, dass er konzentrierte Aufmerksamkeit erwarte, sonst würde er seine Zeit verschwenden. Er bekam die Konzentration, um die er gebeten hatte und die Schüler konnten in Ruhe Antworten auf ihre vielen Fragen erhalten.

Aber nicht nur mit Schülern hatte Bhante in Berlin zu tun, sondern auch mit Strafgefangenen, im Gefängnis von Berlin-Tegel. Einer der Gefangenen hatte einen Artikel über das Buddhistische Haus und die Arbeit der Mönche dort gelesen. Er bat Bhante um einen Besuch. Nach einigen Gesprächen schlug er vor, mit ihm und anderen interessierten Gefangenen zu meditieren. Tatsächlich bildete sich eine kleine Gruppe, die daran interessiert war. Die meisten empfanden Hass auf verschiedene Personen, die sie für ihre Situation verantwortlich machten. Sie hatten starke Schuldgefühle, und die Meinung herrschte vor, dass sie keine besseren Menschen werden konnten. Aber in der Buddhistischen Lehre heißt es, dass wir Menschen nicht vollkommen sind und Fehler machen. Wer die Fehler als solche erkennt, kann sich ändern, kann sich verbessern. Viele bekannte Geschichten gibt es darüber. Eine von ihnen, eine ziemlich drastische, heißt „Angulimala“ (Fingerkette –„Anguli“ heißt Finger, und mit „Mala“ wird eine Kette bezeichnet).

Ahimsaka, was „sympathisch" bedeutet, war ein Schüler, der bei seinem Lehrer beliebt war. Die Mitschüler beneideten ihn deshalb und verbreiteten das Gerücht, Ahimsaka sei in die Frau des Lehrers verliebt. Als der Lehrer davon hörte, wurde er böse und wollte Ahimsaka indirekt eine Strafe verpassen. Damals war es Tradition, dass die Schüler dem Lehrer am Ende der Schulzeit ein Geschenk übergaben. Ahimsaka fragte seinen Lehrer:
„Wie kann ich dir meine Dankbarkeit zeigen? Welchen Wunsch kann ich dir erfüllen?"
Der Lehrer antwortete ihm listig, er wolle eine Kette haben, die aus kleinen menschlichen Fingern bestehe, denn er hielt es für unmöglich, dass der Schüler ihm den Wunsch erfüllen konnte. Aber die Legende sagt, dass der Schüler, um seinem Lehrer zu gefallen, viele Menschen tötete, ihre kleinen Finger sammelte und sie zu einer Kette zusammenfügte. Als der König davon hörte, schickte er seine Soldaten aus, um Ahimsaka zu töten. Dessen Mutter aber machte sich auf den Weg zu Siddharta Gautama und bat ihn um Hilfe. Der Buddha traf sich mit Ahimsaka, und führte viele Gespräche mit ihm. Schließlich sah der junge Mann seinen Fehler ein, ließ vom Töten ab und bat den Buddha darum, Mönch zu werden, was dieser ihm gestattete.

Den Gefangenen in Berlin-Tegel erzählte Bhante diese und ähnliche Geschichten, um sie davon zu überzeugen, dass es Möglichkeiten gibt, seine Fehler zu korrigieren. Die Geschichten waren neu für sie. Sie lebten in der Vorstellung, sie müssten für ihre Fehler bestraft werden, sonst kämen sie nicht frei. Aber Strafe befreit nicht. Nur Einsicht. So entstand großes Vertrauen zwischen Bhante und den Gefangenen, und in den Meditationssitzungen wurde vor allem die Metta-Meditation geübt. Diese Meditation,

die im Theravada eine große Rolle spielt, richtet sich nach den Worten des historischen Buddha auf folgende Ziele:
„Möge es allen Wesen wohl ergehen. Mögen ihre Herzen von Freude erfüllt sein. Mögen sie alle in Sicherheit und Frieden leben."

Metta, das heißt liebevolle Güte. Es umfasst Freundschaft und Gewaltlosigkeit, gepaart mit dem starken Wunsch für das Glück aller Wesen. Man beginnt in der Metta-Meditation bei sich selbst mit der Güteausstrahlung. Denn wer mit sich selbst in Unfrieden lebt, kann Güte nicht auf andere übertragen. Danach geht man über zu den Angehörigen, Freunden, Lehrern, Fremden, Feinden und schließlich zu allen fühlenden Wesen. Allen wird Glück gewünscht, da es keinen Grund gibt, die einen zu lieben und andere zu hassen. Im Gleichmut entwickelt der Meditierende auf der Grundlage der Lehre des Buddha gegenüber allen fühlenden Wesen den Wunsch, ihnen Elend zu ersparen. Im Wissen, dass ich selbst, wie alle anderen, im leidvollen Kreislauf der Existenz gefangen bin, erfahre und realisiere ich in der Meditation, dass es kein fühlendes Wesen gibt, das nicht mein Freund sein kann, denn es erfährt den Daseinskreislauf auf dieselbe Weise wie ich:
„Was immer existiert an Lebewesen – ob sie umherziehen mögen oder standfest sind, flach ausgestreckt oder hochgestaltig, klein oder groß, schwächlich oder stark, sichtbar oder verborgen, nah oder fern, geboren oder im Entstehen: Alle Wesen mögen glücklich sein!"
Der letzte Satz dieses Auszugs aus dem Metta-Sutta wird in jeder buddhistischen Zeremonie als Wunsch ausgedrückt – und nicht nur dort: Überall, wo die Anhänger der buddhistischen Lehre zusammenkommen, wird man es hören:

„Mögen alle Wesen glücklich sein".
Mit diesem Wunsch kann kein böser Wille entstehen, und mit der liebenden Güte denke ich an eine Welt voller Liebe, Frieden und Glück, und weiß, dass nichts anderes mir so sehr das Herz befreit.

Gerade der Mangel an liebevoller Güte mag einer der Hauptgründe dafür sein, dass einige Menschen straffällig werden und einen Teil ihres Lebens im Gefängnis verbringen müssen; die Lehre von Metta ist dort wohl deshalb dankbar aufgenommen worden, und nicht umsonst hat auch Bhante die Arbeit mit den Gefangenen als eine besonders wichtige Aufgabe betrachtet.

Aber nicht nur Bhante hat positive Erinnerungen an seine Zeit in Berlin und ist glücklich über die vielen Begegnungen, die er dort hatte. Auch den deutschen Besuchern des Buddhistischen Hauses bleibt er in angenehmer Erinnerung. Beispielsweise Solveig Niek, die ich aus anderen Zusammenhängen kenne und die ich einmal auf einer Reise durch Sri Lanka traf, über die ich später noch etwas ausführlicher berichten werde. Sie erzählte mir:
„Im Januar 2005 hatte ich meine erste Begegnung mit Bhante Puññaratana im Buddhistischen Haus in Berlin. Persönlich war ich damals ziemlich im Umbruch und eine Freundin machte mich auf diesen ersten Buddhistischen Tempel in Deutschland aufmerksam. Ich war sehr offen für etwas Neues und wollte schon seit längerer Zeit mehr über den Buddhismus erfahren. Nur hatte sich die Gelegenheit noch nie ergeben. Ich beschloss, dies sei jetzt der richtige Zeitpunkt, und ich wollte dort an einer Meditation teilnehmen. Aber ich wusste nicht so recht was das ist und wie es abläuft. Also rief ich vorsichtshalber vorher an, und eine nette und warme

Stimme lud mich herzlich zu der Meditation ein. Diese Stimme gehörte Bhante Puññaratana. So bin ich voller Herzklopfen zu meiner ersten Meditation gegangen.
In den darauffolgenden Wochen wurde ich von Bhante sehr herzlich und behutsam in die buddhistische Meditationspraxis eingeführt. Es gefiel mir von Anfang an gut, und in mir entstand der Wunsch, mehr über die Buddhistische Lehre zu erfahren. So bin ich auch zu Vorträgen in den Tempel gegangen und habe angefangen Bücher darüber zu lesen.
Irgendwann im Mai, nach einer Meditation, fragte Bhante die Gruppe, ob es jemanden gab, der Mönchen aus Sri Lanka ein wenig die Stadt und Umgebung zeigen wollte. Zusammen mit einem Freund habe ich kurz überlegt, dann haben wir zugesagt. So kam es zu einer Begegnung mit anderen buddhistischen Mönchen aus Sri Lanka. Damit habe ich angefangen, etwas zu geben, ohne im Gegenzug etwas zu erwarten. Dies war eine der ersten Übungen, die Bhante mir nahegebracht hat. Seitdem übe ich täglich. Es gelingt mir nicht immer, aber ich versuche es jeden Tag neu.
Später gab es eine sehr schwierige Zeit für Bhante, die mich sehr betrübte. Er konnte nicht mehr im Buddhistischen Haus sein und es war nicht sicher, ob er in Deutschland würde bleiben können. Unser Kontakt brach ab. Ich wusste nicht, wo er war, und dachte, das kann nicht sein! Endlich habe ich einen Lehrer gefunden, und auf einmal ist er verschollen. Jeden Tag war ich im Tempel in der Hoffnung, etwas zu erfahren. Dann haben sich glücklicherweise unsere Wege wieder gekreuzt und wir haben uns wieder getroffen.
Er erzählte mir von seinem Patenschafts-Projekt in Sri Lanka, und davon, dass er eine Reise für Interessierte anböte. Ich benötigte keine drei Minuten, für

meine Entscheidung: Ich würde mitreisen. Und so bin ich zusammen mit einer Gruppe von dreizehn Freunden von Bhante im Januar 2006 das erste Mal nach Sri Lanka gereist. Das war eine sehr besondere und herzliche Reise, die bis heute sehr viel in meinem Herzen bewegt. Zum ersten Mal sah ich Bhante wieder glücklich, er hat uns auf eine ganz besondere Art und Weise das Land, die Kultur, seine Projekte und den Buddhismus ans Herz gelegt. Er hat uns tagtäglich die buddhistischen Tugenden vorgelebt. Obwohl es eine sehr große Herausforderung war, dreizehn sehr verschiedene Menschen drei Wochen lang zu begleiten, hat er dies meisterhaft geschafft. Seit dieser Reise bietet er Pateneltern und Freunden regelmäßig Reisen nach Sri Lanka an, und häufig war ich mit. Er organisiert dafür sehr viel, hat mit vielen Unwägbarkeiten auszukommen, schafft es aber immer mit Bravour.

Egal ob es einfach ist oder schwierig, er lebt die buddhistischen Tugenden beispielhaft vor. Ich bin dankbar für jeden Tag, den ich mit ihm verbringen kann. Er zeigt mir den Weg, den ich als Laie gehen möchte. Dafür ist er bis heute und bleibt für die Zukunft mein Lehrer.

Ich bin dankbar, dass er mein erster buddhistischer Lehrer ist und weiß, dass es das größte Geschenk meines Lebens ist, ihn und den Buddhismus kennen gelernt zu haben."

Was es in Berlin schon seit Jahrzehnten gibt, versucht die sri-lankische Gemeinde in Hamburg auch zu gründen: einen Buddhistischen Tempel. Das ist heutzutage ein mühsames Unterfangen, wenn nicht genügend Geld vorhanden ist, und es wird viel Geduld benötigt. Aber mit der Gründung eines Vereins, des Buddhistischen Vihara Hamburg e. V., der berechtigt ist, Spenden entgegenzunehmen, wurde die Grundlage dafür geschaffen, diesen Wunsch eines Tages zu verwirklichen. Spiritueller Schirmherr dieses Vereins ist Bhante. Neben seiner Tätigkeit im Buddhistischen Haus in Berlin hat er gleichzeitig die sri-lankische Gemeinde in Hamburg betreut. Dort habe ich, der zu jener Zeit dem Vorstand der Buddhistischen Gesellschaft Hamburg angehörte, ihn kennengelernt, und zwar über einen Aushang am Schwarzen Brett: Für ein Schulprojekt in Sri Lanka wurden Paten gesucht. Ich habe mich dafür interessiert und traf auf Bhante, als den Initiator dieses Projektes.

Bhante nimmt das Helfen, in dessen Tradition die buddhistischen Mönche allgemein stehen, sehr ernst. Durch seine persönlichen Erfahrungen und Kenntnisse, die er in seinem Heimatland Sri Lanka und während des Aufenthalts und Wirkens in einem Buddhistischen Zentrum in Deutschland sammeln konnte, hat er zwei unterschiedliche Kulturkreise und Lebensweisen kennengelernt. Vor allem auch die wirtschaftliche Diskrepanz, den Wert dessen, was im jeweiligen Lebensbereich mit Geld zu erreichen ist. Mit einem monatlichen Betrag von zehn Euro beispielsweise, der für viele Menschen in Deutschland keine große Summe darstellt, kann in Sri Lanka einem Kind eine sehr gute Ausbildung ermöglicht werden. Für mich war es keine Frage, mich daran zu beteiligen.

So bin ich auch in Kontakt zu den Mitgliedern der sri-lankischen Gemeinde in Hamburg gekommen und weiß, wie sehr sie es schätzen, mit Bhante jemanden zu haben, der sie auf ihrem spirituellen Pfad begleitet, und in ihm einen Lehrer aus ihrer Heimat gefunden zu haben.

Dr. Francis Samarawickrama, der im Buddhistischen Vihara Hamburg e. V. zwar offiziell als Schatzmeister geführt wird, aber sich dennoch um viel mehr als nur um das Geld kümmert, sagt über Bhante:
„Er wurde mir 2002 bei der buddhistischen Andacht einer singhalesischen Familie in Hamburg-Langenhorn vorgestellt. Damals war er der religiöse Leiter des buddhistischen Tempels in Berlin-Frohnau. Er lebte in diesem Tempel und wirkte in der buddhistischen Gemeinde Berlin. Manchmal wird er als buddhistischer Priester vorgestellt, aber in der Buddhistischen Tradition gibt es keine Priester. Mönche verkörpern die religiöse Gemeinschaft und vermitteln die Lehre. Dadurch nehmen sie als Anführer der Buddhistischen Lehre eine zentrale Rolle ein. Sie führen also einerseits ein Leben in Meditation und Übungen nach strengen Regeln, erfüllen andererseits aber auch auch soziale Pflichten, indem sie Menschen zur Meditation anleiten und in der Buddhistischen Lehre unterweisen. Für diese soziale Arbeit nehmen sie Gaben entgegen."

„Die“, unterbreche ich ihn, „von den Gemeindemitgliedern, wie ich immer wieder sehe, gern gegeben werden.“
„Ja, das ist richtig, denn ihre Gaben sind heilsame Handlungen und gleichen die Mühe aus, die ein Mönch auf sich nimmt, die Mönchsregeln einzuhalten, um sich ganz der Lehre zu widmen und seine Erkenntnisse weiterzugeben. Deswegen fühlen sich die Mitglieder der Gemeinde auch nicht zu Gaben (Putta) verpflichtet, sondern es gehört zum Selbstverständnis ihrer buddhistischen Lebensweise, den Mönchen zu geben, was sie zu ihrem Lebensunterhalt benötigen. Außerdem“, und dabei lächelt er, „ist Bhante ein ausgezeichneter buddhistischer Lehrer und spiritueller Begleiter, der mir die Lehre vom Karma und dem ‚bedingten Entstehen’ nahebrachte, die kausale Ursache-Wirkungs-Erklärung. In der Zeit, in der er in Berlin weilte, hat er die These ‚Komm und sieh selbst‘ (Ehipassiko) eingeführt und diesen Leitspruch den an Erkenntnis orientierten Buddhisten weitergegeben.“
„Aber“, werfe ich ein, „Bhante war ja nicht nur in Berlin tätig.“
„Nein“, sagt Francis Samarawickrama, „seit einigen Jahren wirkt er in der Pagode Phat Hue in Frankfurt. Seine dortige Arbeit als Dharma-Lehrer in der Theravada-Tradition ist außergewöhnlich, zum Beispiel in der Metta-Meditation oder bei seinen zwölfstündigen Paritta-Rezitationen, die von sechs Uhr abends bis sechs Uhr morgens mit mehreren anderen Mönchen abgehalten werden. Außerdem hat er unseren buddhistischen Verein in Hamburg gegründet, der den singhalesischen und deutschen Buddhisten als Stätte der Buddhistischen Lehre und Praxis dient. Auch hier ist er als Dharma-Lehrer tätig. Aber“, fügt er nachdrücklich hinzu, „sein wichtigstes Verdienst ist meines Erachtens die Karuna

Samadhi Organisation, die er 2004 gegründet hat. Während meiner Reisen nach Sri Lanka habe ich mehrere Male die Gruppen deutscher Pateneltern begleitet und seine selbstlosen Aktivitäten für die Kinder erlebt. Und auch nicht vergessen werden sollte, dass Bhante Puññaratana es einigen buddhistischen Mönchen ermöglicht hat, jedes Jahr für eine gewisse Zeit nach Deutschland reisen zu können, so dass ein kultureller und buddhistischer Austausch zwischen Deutschland und Sri Lanka gefördert wird. Ich wünsche dem Ehrwürdigen Bhante, dass er viel Energie haben möge, um der Gesellschaft weiterhin dienen zu können."

Soweit eine Stimme aus der Buddhistischen Vihara in Hamburg. Das hier erwähnte Projekt Karuna Samadhi hat Bhante gegründet, ohne auf irgendwelche Strukturen Wert zu legen. Er wollte helfen, und Menschen, die Geld haben mit Menschen zusammenbringen, die Unterstützung benötigen.

Aber, es bedarf natürlich einer Organisation, gerade wenn sich die Angelegenheit, wie hier, ausweitet. Am Anfang aber gab es nur Bhante. Dass dies auf Dauer keine Lösung war, sollte sich bald zeigen. Da aber heilsames Handeln als Wert an sich immer über den Schwierigkeiten steht, die es im administrativen Bereich geben mag, wurde auch hier ein Weg gefunden. Menschen, mit denen Bhante zu tun hatte, stellten dem Projekt selbstlos ihre Kenntnisse und Hilfen zur Verfügung. Hier sind besonders zu nennen, Solveig Niek, die ihr Zusammentreffen mit Bhante in diesem Buch bereits beschrieben hat, und Ulf Steiner.

Der Name „Karuna Samadhi", den das Projekt erhielt, geht auf den Vornamen von Bhantes Mutter,

Karuna, zurück, die kurz vor der Gründung der Organisation verstarb. Sie hatte sich ebenfalls für mittellose Menschen eingesetzt, auch in dem Dorf, in dem sie zuletzt lebte. Karuna bedeutet aber auch „Mitgefühl“. Da der Organisation neben diesem auch die Vermittlung geistiger Werte am Herzen liegt, floss auch „Samadhi“ in den Namen ein. Samadhi bedeutet „Sammlung, Konzentration oder Herzensfrieden“. Die rechte Sammlung (Samma-Samadhi) verbindet sich mit allem heilsamen Bewusstsein.

Durch die Gründung der „Karuna Samadhi Organisation - Hilfe aus Deutschland“ ist es Bhante, gelungen, seinen Wunsch zu verwirklichen und damit auch die Arbeit seiner Mutter zu würdigen und fortzuführen.

Durch die Hilfe von Patenschaften ermöglichte die Organisation es zunächst sechs Schülern des Dorfes Mahadamana im Bezirk Polonnaruwa im Norden Sri Lankas, weiterhin die Schule zu besuchen. Seit der Tsunami-Katastrophe im Dezember 2004, bei der viele Menschen Familienangehörige, ihr Zuhause und ihre Arbeit verloren, unterstützt Karuna Samadhi auch Menschen in der Region Galle im Süden Sri Lankas. Im Dezember 2006 wurde dann der Karuna Samadhi e. V. gegründet, der die Aktivitäten der Organisation in Deutschland vertritt und seit September 2007 als gemeinnützig anerkannt ist. Die Karuna-Samadhi Organisation in Sri Lanka wurde 2007 als NGO (Non-Governmental Organisation) anerkannt.

Die Mitarbeiter in Sri Lanka pflegen den Kontakt mit den Patenkindern und anderen unterstützten Menschen, verteilen die Spenden und überwachen die satzungsgemäße Verwendung. Es sind weitgehend buddhistische Mönche, die vor Ort leben. Sie sind jeweils für eine Region zuständig und gegenüber dem Karuna Samadhi e. V. in Deutschland berichtspflichtig. Damit hat die Organisation in Deutschland direkte Ansprechpartner in den Provinzen, in denen sie als Verein tätig ist.

In Deutschland stehen die Anbahnung und Betreuung von Patenschaften, die Spendenbeschaffung sowie Projektkontrolle, Buchhaltung und die Berichtspflicht gegenüber der Finanzverwaltung im Vordergrund der Tätigkeiten. Sie werden von allen Mitarbeitern ehrenamtlich erbracht, sodass der Verwaltungsaufwand minimal gehalten werden kann und die finanziellen Hilfen direkt bei den Bedürftigen ankommen.

Dank einmaliger Spenden und mit inzwischen mehr als 260 Patenschaften für Kinder in ganz Sri Lanka ist es gelungen, Schulausbildungen zu finanzieren, wie der ursprüngliche Plan von Bhante es vorsah. Hinzu gekommen sind allerdings weitere Hilfeleistungen mit dringend benötigten Dingen des täglichen Lebens. Auch erhielten Novizen Unterkünfte und Unterrichtsmaterial. In der Schule in Mahadamana konnten eine Bibliothek eingerichtet und Toiletten gebaut werden, es wurden Patenschaften für zusätzliche Lehrer ermöglicht, zwei Begegnungsstätten eröffnet und es wird ein Kinderheim unterstützt.

Im Jahre 2006 schrieb ich in einem Buddhistischen Magazin über das Projekt unter anderem:
„Bhante Puññaratana und die Karuna-Samadhi Organisation versuchen, Kindern in Sri Lanka die Möglichkeit zu geben, die Schule zu besuchen und ihnen dringend benötigte Schulmaterialien zur Verfügung zu stellen. Erfolgreichen Schülern und Schülerinnen

soll die Möglichkeit gegeben werden, nach Abschluss des elften Schuljahres in eine weiterführende Schule zu gehen. Je länger die Kinder in der Lage sind, eine Schule besuchen zu können, desto mehr steigt ihr Selbstbewusstsein und sie lernen, sich im Leben besser zurechtzufinden und durchzusetzen. Sie erreichen damit etwas, was dort nicht allen Menschen möglich ist. In Sri Lanka zahlen die Familien zwar kein Schulgeld, sie müssen aber das Schulmaterial, die Uniform, Schuhe und vieles mehr bezahlen, wenn ihre Kinder die Schule besuchen möchten, was für viele, besonders da es häufig für mehrere Kinder gilt, kaum zu schaffen ist.
Anders als in Deutschland haben die Kinder in Sri Lanka keine Kindheit im eigentlichen Sinn, denn sie haben weder Spielsachen, noch Zeit oder Gelegenheit zum Spielen. Viele arbeiten wie Sklaven auf den Feldern. Bhante Puññaratana hatte schon frühzeitig den Wunsch, armen Kindern zu helfen, damit sie in die Schule gehen und lernen können."

Er selbst kam in dem Artikel auch zu Wort und sagte:
„Mir ist wohl bekannt, dass es auch in Deutschland vor allem aufgrund der hohen Arbeitslosigkeit, große finanzielle Probleme gibt. Deshalb möchte ich mich ganz herzlich für die Unterstützung bedanken. Ich würde mich freuen, wenn diese Projekte auch weiterhin unterstützt werden könnten."

In dem Artikel schildere ich die Situation kurz nach der Gründung der Hilfsorganisation im Jahre 2004:
„Dank der Spenden aus Deutschland konnten aber auch zweihundert alte Menschen mit Brillen und Medikamenten versorgt werden. Zwei Halskrebspatienten konnte je eine elektronische Sprachhilfe finanziert werden. Der Hingurakgode Schule, in der

buddhistische Mönche ausgebildet werden, wurde eine Spende für den Bau von Unterkünften der Novizen übergeben, außerdem erhalten die über 50 Novizen regelmäßig Unterrichtsmaterialien. Insbesondere für junge Menschen wurden Seminare veranstaltet, auf denen die Vermittlung ethischer Werte im Vordergrund stand, Diskussionen stattfanden, zur Meditation angeleitet und Informationen in Form von Broschüren ausgegeben wurden. Fünfundsiebzig Familien wurde durch die Bereitstellung von Nähmaschinen, Fahrrädern, Mobiliar, Handwerksmaterialien usw. die Möglichkeit gegeben, ihr Leben wieder selbst in die Hand zu nehmen."

Wie es weitergegangen ist und welche Wirkungen die Organisation heute entfaltet, ergibt sich aus den Patenberichten, die von der Organisation den Helfern und Spendern jährlich übermittelt werden. Hier ein Auszug:
„Durch die großzügige Spende einer Frankfurter Unternehmerin haben wir in der südlichen Provinz in dem bekannten Touristenort Hikkaduwa einen Kindergartenneubau ermöglichen können. Am 20.01.2013 wurde das Gebäude mit einer schönen Feier eröffnet. Viele dort betreute Kinder führten Tänze vor. Fast fünfzig Mönche und die bei Karuna Samadhi beschäftigten Helfer waren anwesend. Die Räumlichkeiten bieten sechzig Kindern Platz für Unterkunft und Betreuung, und sie werden von drei Erzieherinnen betreut und erhalten im Kindergarten Mahlzeiten, Erziehung in Körperhygiene und ein breites spielerisches Angebot. Die Kinder können malen, basteln, singen und kleine Lernaufgaben lösen, die sie auf die Schule vorbereiten.
Am 23.02.2013 haben wir in Hingurakgode die Patenkinder aus den zentralnördlichen und nordöstlichen Regionen getroffen. Wir arrangierten eine Fei-

er, an der viele Personen teilnahmen, die im öffentlichen Leben in dieser Region eine einflussreiche Rolle spielen. Wir hoffen, dass die eingeladenen hochrangigen Mönche, Beamte und Lokalpolitiker aus den Ressorts ‚Bildung, Kultur und Soziale Belange' uns auf unserem Weg behilflich sein können. Es haben auch sechs Pateneltern aus Deutschland an der Feierlichkeit teilgenommen. Von den Patenkindern wurden Tänze vorgeführt, vier kleine Novizen hielten Reden in den Sprachen Pali, Sanskrit, Tamil und Englisch. Alle Darbietungen wurden mit viel Begeisterung aufgenommen.
Am Nachmittag besuchten die Pateneltern unsere Frauenbegegnungsstätte in Hingurakgode. Die Frauen, die dort eine dreimonatige Ausbildung absolvieren, stellten ihre selbst gefertigten Produkte (Kleidung, Teppiche, Haushaltstextilien und Spielzeug) vor. Im Beisein der deutschen Gäste erhielten die Teilnehmerinnen der Nähausbildung ihr Abschlusszertifikat.
Am 01.03.2013 haben wir alle Patenkinder nach Yakkala eingeladen. Am Vormittag kontrollierten wir die Schulzensuren der Kinder und die Führung ihrer Sparbücher. Es wurde auch die regelmäßige Teilnahme an religiösen oder ethischen Aktivitäten (sowohl buddhistische, islamische, hinduistische oder christliche Sonntagsschulen) kontrolliert."

Dieser Bericht zeigt, dass die Leistungen von Karuna Samadhi weit über die ursprüngliche Hilfe für die Ausbildung der Kinder in Sri Lanka ausgeweitet worden sind, die aber immer noch der Schwerpunkt der Unterstützung aus Deutschland ist. Inzwischen gibt es über zweihundert Pateneltern, die sowohl für die Schüler und Schülerinnen als auch für die Lehrkräfte monatliche Geldbeträge spenden. Ich selbst hatte im Jahr 2013 erstmals die Möglichkeit, Sri

Lanka zu besuchen, und konnte meine Patentochter Nisansala, die ich seit 2006 unterstütze, treffen, und so persönlich erfahren, welch Glück es bedeutet, etwas zu geben. Das Mädchen, zum Zeitpunkt des Treffens sechzehn Jahre alt, besucht immer noch die Schule, was in Sri Lanka nicht allen jungen Menschen in diesem Alter möglich ist. Somit kann ich aus eigener Anschauung berichten, welch wunderbare Hilfsinstitution Bhante mit Karuna Samadhi ins Leben gerufen hat.

Die so selbstlos begonnene Arbeit für das Projekt Karuna Samadhi hatte zur Folge, dass Bhante das Buddhistische Haus in Berlin verlassen musste. Man mag es kaum glauben, aber gerade seine einfache und unkomplizierte Art, Hilfe zu initiieren, führte zu Irritationen bei Menschen, die sich Selbstlosigkeit anscheinend nicht vorstellen konnten, obwohl sie es hätten besser wissen können.

Am 2. August 2005 erhielt Bhante ein Fax von der Buddhistischen Trägergesellschaft des Buddhistischen Hauses in Sri Lanka. Darin dankte die Gesellschaft ihm für seine Arbeit und teilte ihm mit, er möge seine Tätigkeit dort beenden. Er wurde aufgefordert, nach Sri Lanka zurückzukehren. Der Rückflug war für den 14. August gebucht. Wenn Bhante selbst bereits gewisse Spannungen im Buddhistischen Haus gespürt hatte, kam die plötzliche Beendigung seiner Dharma-Arbeit und die Abberufung als Leiter des Buddhistischen Hauses zu diesem Zeitpunkt für ihn völlig unerwartet. Sein Vertrag war für zwei Jahre abgeschlossen und war immer wieder um zwei weitere Jahre verlängert worden. Im August 2005 war Bhante neun Jahre im Buddhistischen Haus in Berlin. Als er nach Sri Lanka zurückkehren sollte, war gerade die sogenannte Regenzeit, die mit dem jeweiligen Vollmond im Juli beginnt und im Oktober endet. In dieser Zeit haben vollordinierte Mönche bestimmte Regeln einzuhalten. Dazu gehört auch, an dem Ort zu bleiben, an dem sie sich gerade befinden, und nicht zu reisen. Wieso beorderte ihn die Gesellschaft gerade in dieser Zeit zurück?

Für Bhante begann eine schwere Zeit. Über die Ursachen und Ereignisse haben er und ich nie gesprochen, obwohl wir uns damals bereits kannten und häufig Kontakt hatten. Auch wenn ich wusste, dass er Schweres durchmachte, hatte ich den Eindruck, dass er darüber nicht sprechen wollte. Ich respektierte das. Allerdings bin ich der Meinung, dass ein gravierendes Ereignis wie dieses nicht unkommentiert bleiben sollte. Ich brauche dazu nicht auf Bhante zurückzugreifen, ihn nicht über die Einzelheiten zu befragen, denn ich habe über Dritte Kenntnis darüber erhalten, was seinerzeit passiert ist. Ich muss mich auch nicht vergewissern, wer in dieser Angelegenheit Recht oder Unrecht hat. Das habe ich auch damals nicht getan, als ich erstmals damit konfrontiert wurde. Ich brauche mir auch keine Gedanken über Bhantes Charakter zu machen, da es nicht meine Aufgabe ist, mich damit zu beschäftigen. Meine Wahrnehmungen darüber wären ohnehin nur meine eigenen und würden nicht bedeuten, dass sie richtig sind. Selbst mit Achtsamkeit kann ich schwer erkennen „warum" etwas ist, aber „was" ist, kann ich mir anschauen.

Nach meinem Eindruck ging es anfangs nur um Geld. Mir war berichtet worden, Bhante habe Geld, das von Spendern des Buddhisten Hauses kam, nach Sri Lanka in ein Schulprojekt fließen lassen. Geld, das er somit dem Buddhistischen Haus entzogen habe. Geld, das direkt von Bhante entgegen genommen wurde. Mönche, so heißt es, dürfen kein Geld besitzen, keine Werte ihr Eigen nennen. Bhante aber hatte sogar ein Konto auf seinen Namen eingerichtet, was natürlich notwendig war, um den deutschen

Pateneltern seines Karuna Samadhi Projekts zu ermöglichen, ihr Geld zu transferieren. Die Gründung des Vereins erfolgte erst später. Aber es war ein Beleg dafür, dass ein Mönch Geld entgegennahm, und dokumentierte Beträge, die womöglich dem Buddhistischen Haus zur Verfügung gestellt hätten werden können. Das muss nicht so sein, aber das kann man so sehen. Was wirklich nicht sein musste, und was man, so finde ich, auch nicht anders sehen kann, ist, dass die Kontoauszüge als sogenannte Beweismittel sichergestellt und in die Welt verschickt wurden. Jedenfalls in den Teil der Welt, zu dem ich Zugang dazu bekam.

Im Laufe der Zeit habe ich erfahren, dass alles noch viel schlimmer war: Im Jahre 2001 wurde von der German Dharmaduta Society ein neuer Verwalter für das Buddhistische Haus in Berlin ernannt. Zu diesem Zeitpunkt verfügte das Haus über ein weit im sechsstelligen Bereich liegendes Barvermögen. Im Jahre 2005 berief der Verwalter eine Versammlung ein und teilte den überraschten Anwesenden mit, dass es an Geld fehle und die Kosten für die Verwaltung nicht mehr sichergestellt seien. Er bat um Spenden. Der Verwalter hat allerdings die German Dharmaduta Society nicht darüber informiert, wo das Geld geblieben war. Vielmehr beklagte er in einem mir vorliegenden Schreiben Bhante Puññaratana würde ihn, den Verwalter, beschuldigen, Geld vom Konto des Buddhisten Hauses für Privatzwecke verwendet zu haben. In dem Schreiben bat er deshalb, weil er um seine Reputation bangte und um Schaden für das Haus abzuwenden, darum, Bhante sofort abzuberufen. Die Society entsprach dieser Forderung mit ihrem Fax vom 2. August. Inzwischen haben sich, wie mir schriftlich bestätigt wurde, die Vorwürfe, die Bhante erhoben hatte, bestätigt.

Aber, wie sollte Bhante damit umgehen? Hinzu kam, das vom Verwalter eine Internetseite mit Lügen über Bhante geschaltet wurde. Außerdem wurde er wegen der Veruntreuung von 80 Euro angezeigt. Geld, das als Spende des Buddhistischen Hauses der Karuna Samadhi zugeführt worden sein sollte. Die Anzeige lief ins Leere, denn es handelte sich in der Tat um seine Spende für das Schulprojekt, und das Geld ist auch dorthin geflossen. Eine unerfreuliche Geschichte. Als ich den Brief des Verwalters vom 26. Juli 2005 las, ergaben sich für mich eindeutig nur Vorwürfe gegen Bhante, die mit der Reputation des Verwalters zu tun hatten, aber keine belegbaren Nachweise. Trotzdem hat man dem Brief seinerzeit Glauben geschenkt. Das Schreiben brachte Bhante somit in eine unerträgliche Situation, zumal es in den Augen vieler Unbeteiligter so aussah, als sei er in der Tat schuldig und verantwortlich, denn – wie gesagt – der Verwalter hat sich nicht gescheut, Bhante öffentlich der Veruntreuung zu bezichtigen. Ich weiß nicht mehr, ob mir die Kontoauszüge von Bhante, die mir damals gezeigt wurden, und mit denen der Eindruck erweckt werden sollte, Bhante habe Geld unterschlagen, von dem Verwalter oder einem anderen Mönch aus dem Buddhistischen Haus zugänglich gemacht wurden. Denn es gab einen weiteren Widersacher.

Wie ich bereits schrieb, war ich damals Mitglied im Vorstand einer buddhistischen Gesellschaft. Im April 2006 – die unangenehme Zeit für Bhante zog sich nun fast schon ein Jahr hin – erhielten wir eine E-Mail von einem Mönch, in der er Bhante wörtlich als Kriminellen bezeichnete, ihn des Diebstahls bezichtigte und uns aufforderte, ihn von unserer Vesak

Feier auszuladen. Er fügte hinzu, unserer Gesellschaft würde hinsichtlich des Ansehens ein großer Schaden entstehen. Man fragt sich, wie so etwas unter Mönchen, unter Buddhisten überhaupt möglich sein konnte. Sind sie nicht der Lehre verpflichtet? Gibt es nicht im Edlen Achtfachen Pfad das Bekenntnis zur Rechten Rede? Ist nicht Mitgefühl einer der Pfeiler der Buddhistischen Lehre? Ist nicht eine der Erkenntnisse des Buddha – die Vierte Edle Wahrheit –, dass es einen Weg gibt, das Leiden zu beseitigen?

Das ist alles richtig. Dazu ist es nötig, Unwissenheit zu beseitigen und Einsicht zu erlangen in die Dinge, wie sie wirklich sind, nicht wie sie erscheinen. Der historische Buddha hat diesen Weg gewiesen und ihn den Edlen Achtfachen Pfad genannt. Mit ihm zeigt er uns die Strategie, um Einsicht und Weisheit zu erlangen, sittlich zu leben und Achtsamkeit zu erzeugen. Eine der acht Stufen, aus denen der Weg besteht, ist die Rechte Rede. Sie besagt:

> *Sich lügnerischer Rede zu enthalten und stattdessen die Wahrheit zu sagen.*
> *Sich verletzender Rede zu enthalten und stattdessen die Worte zu sprechen, die zu Harmonie führen.*
> *Sich harter Rede zu enthalten und sanft zu sprechen.*
> *Sich des müßigen Plapperns zu enthalten und das zu sagen, was in der jeweiligen Situation sinnvoll ist (oder zu schweigen).*

Das gilt für alle Menschen gleichermaßen, aber in besonderem Maße für einen Mönch. Nur damit, dass sich jemand zur Buddhistischen Lehre bekennt, wird er noch kein Heiliger. Denn den Edlen Achtfachen

Pfad zu beschreiten, um die Erlösung vom Leid zu erlangen und womöglich das Nirwana zu erreichen, bedeutet Arbeit. Es gibt keinen Automatismus. Menschen, die der Lehre folgen, auch wenn sie die Robe tragen, bleiben immer das, was sie sind, nämlich Menschen, die irren können und Fehler machen. Wenn das einen anderen Menschen oder ein anderes Wesen betrifft und diesem großes Leid verursacht, ist das außerordentlich bedauerlich. Auch wenn Bhante es mir nicht gesagt hat, gehe ich davon aus, dass auch er damals sehr gelitten hat. Das wiederum tut mir sehr leid. Aber ich bin genauso sicher, dass Bhante Mitgefühl mit denen hat, die ihm dieses Leid verursacht haben, und ich schließe mich diesem Mitgefühl an.

Eine deutsche Nonne, die zum damaligen Zeitpunkt im Buddhistischen Haus in Berlin wohnte, und sich nicht damit abfinden wollte, dass Bhante nach Sri Lanka zurückkehren sollte, fragte ihn, ob er etwas dagegen habe, wenn sie sich einmal umhörte, ob es in Deutschland anderweitige Möglichkeiten für ihn gibt, als Dharma-Lehrer weiterzumachen. Bhante war damit einverstanden. Die Nonne kontaktierte die Pagode Phat Hue in Frankfurt am Main. Der dortige Abt Thich Thien Son, zu dem Bhante anlässlich eines Buddhistischen Kongresses der Deutschen Buddhistischen Union, der 2004 in der Pagode in Frankfurt stattfand, nur kurz Kontakt gehabt hatte, war nicht anwesend, wurde aber kontaktiert. Da er der Nonne des Buddhisten Hauses in Berlin vertraute, hieß er Bhante, ohne ihn persönlich näher zu kennen, in seiner Pagode willkommen und ließ ihn mit einem Auto in Berlin abholen. Die Nonne, die den Kontakt hergestellt hatte, fuhr gleich mit.

Am 5. August meldete Bhante seinen Wohnsitz in Frankfurt an und beantragte die Verlängerung seines Visums. Zwei Tage später kehrte er zu einem lange geplanten großen Meeting nach Berlin zurück. Das war eine gute Gelegenheit, sich von seinen Bekannten zu verabschieden. Das Meeting verlief aber, wie Bhante es ausdrückte, chaotisch: Sein Weggang wurde allgemein bedauert und Protest wurde laut. Bhante blieb nur, um sich zu bedanken, besonders bei all den freundlichen Helfern. Er verabschiedete sich mit schmerzlichen Gefühlen. Einige Termine, die lange vereinbart waren, hielten ihn noch in Berlin, und ein Bekannter ermöglichte es ihm, sich in dessen Haus für ein paar Wochen aufzuhalten

Wie ich schon erwähnte gibt es keine Zufälle, und so war auch der Umzug nach Frankfurt keiner, denn zu der Zeit erfuhr Bhante, dass an der Universität in Mainz jemand gesucht wurde, der Singhalesisch unterrichten konnte. Bhante schickte der Fakultät für Indologie seine Bewerbungsunterlagen und erhielt nach dem anschließenden Vorstellungsgespräch den Lehrauftrag.

So wurde Bhante in Frankfurt sesshaft. In der Pagode, in der er heute noch wirkt, fand er im Zusammensein mit der Sangha wieder ein Heimatgefühl. Wie sehr er hier richtig war, sollte er bald an einem besonderen Ereignis merken.

Anfangs teilte er sich ein Zimmer mit einem vietnamesischen Mönch. Als Bhante nach einer Woche, die er im Ausland verbracht hatte, wieder in sein Zimmer zurückkehrte, vermisste er seine Haarschneidemaschine. Der vietnamesische Mönch teilte ihm daraufhin mit, er habe das Gerät jemanden geschenkt, der es dringend brauchte. Da wusste Bhante, dass er am richtigen Ort war. Als er mir das sagte, fragte ich ihn, warum. Er antwortete: „Weil wir auch in der Mönchsbruderschaft in Sri Lanka weniger das ‚Mein' oder ‚Dein' praktizieren, als vielmehr das ‚Uns'. Was mein ist, gehört auch dir."

Auch für das Karuna Projekt war der Umzug ein Glücksfall, denn der Abt der Pagode Phat Hue in Frankfurt informierte seine Schüler darüber und unterstützte ihn nach Kräften, sodass Bhante große Kraft fand, mit der Hilfe seiner deutschen Freunde alles organisatorisch zu regeln und sein Sozialprojekt in Sri Lanka auszubauen. Die Menschen, die ihn dabei unterstützten, arbeiten immer noch selbstlos an diesem Projekt mit. Auch wenn es, wie ich aus persönlichen Gesprächen weiß, viel Arbeit ist, so bin ich mir sicher, dass sie gern und mit großer Freude dabei sind.

Wie in Berlin traf Bhante auch in Frankfurt viele Helfer. Eine von ihnen ist Ingmut Dossow, die erzählte, dass sie, als sie Bhante zum ersten Mal traf, eine einjährige Odyssee durch viele Buddhistische Zentren in Frankfurt hinter sich hatte, um meditieren zu lernen. In jedem Zentrum war sie ein paar Wochen geblieben, hatte sich aber nirgendwo heimisch gefühlt. Ihr Eindruck war immer, dass es die wichtigste Voraussetzung für die Praxis der Meditation sei, eine bestimmte Körperhaltung einzunehmen, und zwar den Lotus- oder den Halblotussitz. Daran war sie nicht gewöhnt und mit 71 Jahren wollten sich, wie sie wörtlich sagte, ihre „alten Knochen" auch nicht mehr so richtig fügen. So zog sie immer weiter und kam eines Tages, gegen Ende 2007, in die Pagode, als Bhante gerade seinen Meditationskreis leitete. Alle Teilnehmer saßen bereits startbereit in der Runde auf ihren Kissen. Bhante

begrüßte sie freundlich, erfasste ihre Möglichkeiten mit einem Blick und sagte:
„Wenn Sie mit uns meditieren wollen, nehmen Sie sich gern einen Stuhl und setzen sich zu uns!"

Seine unkonventionelle, mitfühlende Menschlichkeit gewann sie sofort, und seit jenem Tag sind sechs Jahre vergangen. Kaum einmal hat sie die Meditationsrunde versäumt, wurde heimisch in der Pagode und lernte immer noch weiter, zu meditieren. Bhante wurde ihr hochgeschätzter Lehrer und Meister; sie nimmt teil an seinen Seminaren, die in den Buddhismus einführen, an seinen Meditationsseminaren, unterstützt sein Hilfswerk „Karuna Samadhi", und darf ihm mittwochs, wenn er in Frankfurt ist, Deutschunterricht geben. Sie hilft ihm, seine E-Mails zu beantworten und Artikel zu verfassen, und, das füge ich hinzu, sie hat für dieses Buch alles aufgeschrieben, was ich über Bhante wissen wollte.

Wenn Bhante sich im Ausland aufhält, leitet Ingmut Dossow, mit weiteren Mitgliedern der Deutsch-Vietnamesisch-Buddhistischen Gemeinde in Frankfurt, seit 2011 seinen Meditationskreis. Sie sagt: „Ich empfinde es als große Ehre, die genannten Aktivitäten ausführen zu dürfen. Bhante lässt sie mich stets als gewinnbringende Zeit erleben, auf die ich mich freue, obwohl mein Einsatz manche Einschränkung mit sich bringt." Man muss nämlich wissen, dass Ingmut Dossow eine Stunde mit dem Auto benötigt, um die Pagode in Frankfurt zu erreichen. Außerdem ist sie als Mal- und Psychotherapeutin tätig und hat eine Familie mit Ehemann, Kindern und Enkeln. Aber sie sieht das positiv:
„Ich fühle mich gesegnet, Bhante zu kennen und ihm als seine Schülerin in aller Bescheidenheit und Freundschaft zu dienen. Im Umgang mit Bhante darf

ich miterleben, wie er mit eigenen körperlichen Beschwerden umgeht, wie er Konflikte in seinem Umfeld löst, wie er mit Kindern und Tieren umgeht. Außerdem beeindruckt mich seine Dozententätigkeit an der Mainzer Universität, auf die er viel Energie verwendet, und sein Einsatz für das Karuna Samadhi Hilfswerk. Seine Diskretion, seine respektvolle Haltung, seine kluge Bodenständigkeit und seine hingebungsvolle Treue zum Buddha nötigen mir große Achtung ab und inspirieren mich zur Nachfolge. Ich erlebe ihn stets als achtsamen, liebevollen und barmherzigen Mitmenschen, der integer und aufrichtig ist, ohne andere zu kompromittieren. Seine weise Seelsorge, die er Ratsuchenden zuteil werden lässt, beeindruckt mich immer wieder. Er bietet Trost und Hilfe mittels tief fundierter Sutren-Belehrungen an, beispielsweise bei einer Frage, die ich mir immer wieder gestellt habe: ‚Wie stelle ich es an, mir selbst Liebende Güte zu geben?' Bhante hatte dafür eine einfache und effektive Antwort: ‚Wende jedem Körperteil und jedem inneren Organ deine Aufmerksamkeit zu und wünsche ihm Gutes. Zum Beispiel dem Gehirn: Möge es dir gut gehen! Mögest du gesund sein! Mögest du keine Angst haben!' Das hat mir geholfen und so sage ich ihm: ‚Möge es dir und deinem Karuna Samadhi Hilfswerk gut gehen und nie an dienstbereiten, freundschaftlich gesonnenen Helfern mangeln.'"

Während sich Bhante im Jahre 2012 in Sri Lanka aufhielt, machte ihm seine Haut Probleme. Da gab es eine kleine Wunde am Unterbauch und einen Ausschlag an seiner Hand. Der Arzt verordnete ihm eine Salbe, die jedoch nicht den gewünschten Erfolg brachte. Im Gegenteil: Die Stellen infizierten sich und wurden größer. Zurück in Frankfurt, konsultierte er seinen Hausarzt, der mehrere Blutuntersuchungen anordnete. Deren Ergebnis war dramatisch: Hautkrebs. Zumindest sah Bhante diese Diagnose auf einem Formular mit seinem Namen, das auf dem Schreibtisch seines Arztes lag. Bhantes Blick fiel darauf, während er auf den Arzt wartete. Er wunderte sich sehr, dass der Arzt eine solches Formular mit einer gravierenden Diagnose offen herumliegen ließ. Aber seine Verwunderung wurde sofort von den Gedanken an die Konsequenzen überlagert, die sich aus der Diagnose ergeben würden. Hautkrebs – das also war der Befund der Blutuntersuchungen. Hautkrebs! Eine ernsthafte Erkrankung, die endlose Behandlungen erforderte – womöglich auch Chemotherapie und Bestrahlungen, wie er es bei mehreren Krebskranken erlebt hatte .

Dafür hatte er keine Zeit! In zwei Monaten wollte er eine Gruppenreise nach Sri Lanka begleiten und hatte außerdem viele Termine vor sich, die seine Anwesenheit und Gesundheit erforderten. Nach diesen ersten hilflosen Gedanken kam plötzlich Angst in ihm auf: Krebs bedeutet Tod. Er hatte nur noch wenig Zeit zu leben, schoss es ihm plötzlich in den Kopf. Nun ging es nicht mehr nur um eine Gruppenreise nach Sri Lanka oder die Erledigung seiner Termine, sondern um die letzte, womöglich kurze Zeit seines Lebens. Wie sollte er das alles organisieren? Noch viel wichtiger schien ihm, ob er allen Menschen, mit denen er zu tun gehabt hatte, immer in einer heilsamen Art und Weise gegenüber aufgetreten war. Er dachte an einige Personen in Berlin, die ihm Schlechtes angetan hatten. Es galt jetzt, das sah er sofort, ihnen mit Metta zu begegnen und ihnen zu verzeihen. Und er fasste einen entsprechenden Beschluss.

Metta kann verschiedenen deutschsprachigen Begriffen zugeordnet werden: Freundlichkeit, aktives Interesse an den Anderen, Liebe, Freundschaft, Sympathie. Im allgemeinen Sprachgebrauch bedeutet Metta „Liebende Güte". Diesem Begriff wird der Vorzug vor dem Wort „Liebe" gegeben, da dieses mit dem Begehren, geliebt zu werden, verbunden sein kann. Der historische Buddha hat den Begriff im Metta-Sutta verglichen mit der Liebe einer Mutter zu ihrem Kind, und das Ziel der Metta-Meditation damit beschrieben, diese liebende Güte auf alle fühlenden Wesen auszuweiten. Mit einer auf Metta basierenden freundlich-wohlwollenden Haltung gegenüber allen Wesen verbindet sich eine große soziale Verbundenheit mit den Mitmenschen und eine positive Einstellung ihnen gegenüber – auch wenn sie unbekannt sind oder gar als Gegner betrachtet werden könnten.

Seine Gedanken, nachdem er das Formular mit seinem Namen und dem Wort „Hautkrebs" gesehen hatte, die Sorgen um die Reise nach Sri Lanka, die Wahrnehmung seiner nächsten Termine, die mögliche Chemotherapie und Bestrahlung und die Angst

vor dem Tod und dem kurzen Rest seines Lebens – das alles hatte ihn überwältigt, während er auf seinen Arzt, in dessen Sprechzimmer er saß, wartete. Es mögen nur sechs bis acht Minuten gewesen sein. Aber Minuten können sich dehnen, und er fragte sich im Zeitraffer, wem er seine Verantwortlichkeiten und die Sorge für die vielen Hilfsbedürftigen übertragen konnte. Wem das Karuna Hilfswerk mit seinen mannigfachen Hilfsprojekten und sozialen Einrichtungen? Wem die Schulkinder mit ihren Lehrern und Erziehern? Als er an diesem Punkt angekommen war, betrat sein Arzt das Sprechzimmer und bat ihn, sich zu entkleiden. Er untersuchte ihn sorgfältig von Kopf bis Fuß, betrachtet die Haut von Zeit zu Zeit mit einer Taschenlampe. Als er fertig war, bat er Bhante, das auf seinem Schreibtisch liegende Formular, auf dem sein Name und das Wort „Hautkrebs“ standen, zu unterschreiben. Bhante fühlte sich unwohl, und er fragte, warum er das unterschreiben solle.
„Och,“ sagte der Arzt, „das ist nur, damit Sie mir bestätigen, dass ich eine Krebsuntersuchung gemacht habe, die im Übrigen ein negatives Ergebnis hatte.“
„Das heißt?“, fragte Bhante.
„Das heißt, kein positiver Befund. Sie sind vollkommen gesund."

Wahrnehmung und Wirklichkeit, dass weiß Bhante, müssen nicht immer übereinstimmen. Achtsam mit seine Wahrnehmungen zu sein, um sich zu vergewissern, dass sie der Realität entsprechen, ist eine ständig erforderliche Übung. Sie fällt umso schwerer, je mehr Angst mit der Wahrnehmung verbunden ist. Besonders die Angst vor dem Tod, eine Grundangst, die den Menschen häufig von seiner achtsamen Betrachtung der Ergebnisse seiner Wahrnehmung ablenkt. Das Wissen darum führt dann jedoch

– wie bei Bhante – zu der Erkenntnis, wie bedeutsam es ist, frei von Bindungen zu sein, denn sie führen zu Verlangen, Ablehnung und Verblendung. Mit der Erfahrung, ein paar Minuten ein Krebskranker gewesen zu sein, erschloss sich auch als wahrhaftig, was der historische Buddha sagte:
„Krankheit ist wie eine himmlische Botschaft, dass wir mehr auf unser Leben achten und es verbessern."

Etwas anderes erinnerte er: Das Wort „Wirklichkeit" und ihre Veränderung wird in einem in Sri Lanka bekannten Lied behandelt: Ein Schneider wird gefragt, für wen er ein so prächtiges Kleid nähe. Er antwortet:
„Gestern wurde ein Kind geboren. Es ist ein Mädchen. Ich bekam den Auftrag, ein Festkleid zu nähen."
Nach einiger Zeit wird der Schneider wieder beim Nähen beobachtet und erneut gefragt, für wen er denn das wunderschöne Kleid nähe. Jetzt erwidert er:
„Das Mädchen ist herangewachsen und wird morgen heiraten. Ich nähe das Hochzeitskleid für die Braut."
Nach Jahren schließlich wird der Schneider wieder beim Nähen angetroffen. Diesmal ist er nicht so frohgemut wie früher. Auf die Frage nach dem Grund antwortet er:
„Ich erhielt den Auftrag, Trauerkleidung zu nähen für eine Frau, die gestorben ist."
Dieses Lied besingt die Veränderlichkeit der menschlichen Wirklichkeit: Wir werden geboren, leben eine Zeitlang und sterben dann. Anicca, die Vergänglichkeit, ist eines der drei Daseinsmerkmale im Buddhismus. Die anderen beiden sind Dukkha (Leidhaftigkeit) und Anatta (Nicht-Selbst).

Der unvermeidbare Tod ist unabdingbarer Teil der Lehre von der Vergänglichkeit, denn der Buddhismus betrachtet den Tod als eine der Wirklichkeiten unseres vor allem aus Bewusstsein bestehenden Lebens - ein Bewusstsein, das mit dem Tod, jedenfalls soweit man weiß, verloren geht. Wir erleben den Tod nur als Überlebende als Verlust, nur als solche trauern wir. Wir erleben ihn außerdem vielfach als äußerst schmerzhaft und würden diese Wirklichkeit am liebsten nicht zulassen. Aber die Erfahrung des Todes oder auch anderen Leids kann uns viel über unser eigenes Leben lehren. In diesen Momenten wissen wir oft nicht weiter. Die Pläne, die wir unbedingt verwirklichen wollen, haben an Bedeutung verloren. Wir brauchen keine Rollen mehr zu spielen, um beispielsweise anerkannt oder geliebt zu werden, sondern begegnen allem vorbehaltlos und mit großer Offenheit. Dadurch bietet sich uns die Gelegenheit, andere, neue Einsichten zu gewinnen und unser Leben bewusst umzugestalten und eine andere Wirklichkeit zu schaffen.

Zwar wissen wir alle um den gesetzmäßigen Prozess von Entstehen und Vergehen, aber wir sind oft nicht bereit, ihn bewusst wahrzunehmen. Wir haften an "unserer Wirklichkeit", in der wir uns eingerichtet haben, und mit der wir uns häufig auch identifizieren, und wir verbringen unser Leben mit lustvollen Zerstreuungen. Werden wir dann aber mit der Vergänglichkeit - dem Verlust unseres Vermögens, oder gar dem Tod eines geliebten Menschen - konfrontiert, sind wir völlig verzweifelt, lassen uns von unseren Gefühlen überwältigen und werden handlungsunfähig.

Im Jahr 2012 erhielt Bhante eine Nachricht, die ihn sehr traurig machte: Einer seiner Schüler hatte ihn aus Sri Lanka angerufen und ihm mitgeteilt, dass Bhantes älteste Schwester gestorben sei. Das traf ihn wie ein Schlag. Er wusste zwar, dass seine Schwester, die seit einem Jahr krank war, nicht mehr lange leben würde, aber dass es so bald sein würde, hatte er nicht erwartet. Seine Wirklichkeit hatte sich durch dieses Ereignis schlagartig verändert. Nun war es ihm nicht mehr möglich, einem geliebten Menschen zu begegnen und mit ihm zu reden. Das war vorbei. Er trauerte, denn er hatte etwas unwiederbringlich verloren.

Bhante hatte sechs Schwestern. Die nun verstorbene älteste war seine Lieblingsschwester gewesen. In Asien hat die älteste Schwester eine wichtige Rolle inne: Sie nimmt den übrigen, jüngeren Geschwistern gegenüber stellvertretend die Stelle der Mutter ein. Bhante konnte an viele Situationen zurückdenken, in denen sie ihn liebevoll unterstützt hatte, und er weiß, wie sehr sie ihn liebte. Viele Bilder von seinen Begegnungen mit ihr stiegen in ihm auf, als er, nach dem Telefonat, den Hörer aufgelegt hatte. Auch der letzte Besuch, wenige Monate zuvor. Das war anlässlich einer Pilgerreise, die er gemeinsam mit sieben befreundeten Mönchen durch Sri Lanka unternommen hatte.

Nach dem Tod der ältesten Schwester wäre er am liebsten sofort nach Sri Lanka geflogen, um mit seinen Angehörigen zu trauern und die Beerdigung vorzubereiten. Leider war das nicht möglich, weil er zahlreiche Termine wahrnehmen musste. Am Tag nach dem Anruf musste er beispielsweise einen lange angekündigten Vortrag in Frankfurt halten. Darauf folgte eine Rezitationsnacht in Bad Orb. Am Tag darauf fand ein gesellschaftliches Ereignis statt, bei dem er sich zu einem Vortrag verpflichtet hatte, und am Sonntag darauf musste er nach Paris, um dort mit einem befreundeten Mönch die übliche Gedenkzeremonie für dessen verstorbene Mutter abzuhalten. Eine Zeremonie, die drei Monate nach der Beerdigung stattfindet. Für alle diese Aufgaben gab es viel zu organisieren. Es war ihm nicht vergönnt, sich in sein Zimmer zurückzuziehen, um zu trauern.

An eben jenem Tag, als ihn die traurige Mitteilung vom Tod seiner ältesten Schwester erreichte, erwartete ein verzweifelter Mensch, der vor kurzem einen bitteren Verlust erlitten hatte, Bhantes Hilfe. Ihm blieb nichts anderes übrig, als die Wogen seiner Emotionen zu glätten und sich von den Trauergefühlen nicht beherrschen zu lassen.

Der Tod und die Art und Weise, wie man damit umgeht, hat im Buddhismus eine besondere Bedeutung, und das hat auch mit der Lehre von der Vergänglichkeit zu tun. Eine Geschichte erzählt Bhante selbst oft den Trauernden auf Beerdigungen. Eine bekannte Geschichte, die nun auch ihm Trost und Ermutigung geben konnte, ihm helfen konnte, seine veränderte Wirklichkeit zu verstehen und zu akzeptieren: Als Kisagotamis einziger geliebter Sohn starb, konnte und wollte sie seinen Tod nicht akzeptieren und gab sich der Illusion hin, er sei nur schwer krank. Deshalb bat sie die unterschiedlichsten Personen, ihren Sohn zu heilen. Aber alle wiesen sie mit der Begründung ab:
„Dein Sohn ist nicht zu heilen. Er ist tot."
Endlich fand sie den Weg zum Buddha. Sie stellte ihm die gleiche Frage:
„Kannst du meinen Sohn heilen?"
Er antwortete ihr:
„Ja, wenn du mir ein Senfkorn bringst."

Voller Freude wollte sie davoneilen. Ein Senfkorn holen – das war leicht! Aber der Buddha hielt sie auf: „Das Senfkorn muss aus einem Haus kommen, in dem noch nie ein Mensch gestorben ist."
Das, meinte die Frau, sollte wohl möglich sein, und sie klopfte an die Tür des ersten Hauses in ihrem Dorf, mit der Bitte um das Senfkorn. Gern wurde ihr Wunsch erfüllt. Da erinnerte sie sich an die Worte des Buddha. Sie fragte nach:
„Ist in diesem Haus schon einmal ein Mensch gestorben?" Verwundert antwortete man ihr:
„Ja, viele sind bereits in diesem Haus gestorben."
Enttäuscht gab die Frau das Senfkorn zurück und rannte zum nächsten Haus. Aber hier und in allen anderen Häusern im Dorf erging es ihr ebenso. Senfkörner gab es viele, aber kein einziges Haus, in dem noch nie jemand gestorben war. Nach und nach sank die Hoffnung der Mutter auf Heilung für ihren Sohn, und sie begriff endlich, dass er tot war.

Viele buddhistische Todesgeschichten sind den Menschen eine Hilfe, um mit der schmerzlichen Wirklichkeit umgehen zu können. Diejenigen, die sich einst an den historischen Buddha gewandt hatten, waren nicht sehr an Lehrmeinungen interessiert. Es waren häufig Menschen mit Lebenserfahrung und spirituellem Interesse. Sie wollten ein Leben führen, wie es der Buddha ihnen vorgelebt hatte und vor allem wissen, wie Leiden überwunden werden kann. Denn es war genau diese Frage, die einst den Königsohn Siddharta Gautama dazu bewegt hatte, seine Familie zu verlassen. Es geschah, nachdem er während einer Ausfahrt einen Greis, einen Kranken und einen Sterbenden bewusst wahrgenommen hatte. Er begriff, dass auch er wie alle Lebewesen dem Gesetz des Alterns, der Krankheit und des Todes, also dem Leiden, ausgeliefert war. So machte er sich auf die Suche nach der Entstehung des Leidens und dessen Erlöschung und schlug den Edlen Achtfachen Pfad vor, der zur Beseitigung des Leidens führt: Der erste Schritt auf diesem Pfad ist die Erkenntnis der Wahrheit. Es geht unter anderem darum, die Wirklichkeit mit vollem Bewusstsein so zu sehen, wie sie ist, nicht in Erinnerungen zu schwelgen oder sich etwas vorzumachen. So erlebte es Kisagotami in dem Augenblick, als sie akzeptierte, dass ihr Sohn wirklich gestorben war. Erst dann konnte sie um ihn trauern und ihr Schicksal annehmen.

„Für uns sri-lankische Buddhisten," sagt Bhante, „ist der Tod keine Angelegenheit von großer Panik. Wir kommen oft mit Sterbenden und dem Tod in Berührung. Wir denken nicht, dass er das Ende unserer Lebenswanderung ist, sondern haben die Hoffnung, uns wieder zu treffen. „In Sri Lanka," fügt er hinzu, „ist die Farbe der Trauerkleidung weiß wie bei einer Hochzeit, bei der auch der Bräutigam im weißen Anzug erscheint. Tod und Beerdigung werden nicht als Tragödie wahrgenommen, und während meiner Aufenthalte in Sri Lanka begleite ich in der Regel jedes Mal mehrere Beerdigungen. Ich habe in meinem Leben tausende von Todeszeremonien miterlebt und sie oft selbst zelebriert."

Aber nicht nur der Mensch ist dem Entstehen und Vergehen, beziehungsweise Geburt und Tod unterworfen. Dieser Vorgang findet in der gesamten Natur und ebenso im gesamten Kosmos statt. Bhante erzählte mir von einem Ereignis, das sich im kalten Winter des Jahres 2002 in Berlin zugetragen hat:
„An einem Sonntag machte ich mich frühmorgens von meinem Zimmer im Buddhistischen Haus auf den Weg, um im Tempel zu meditieren. Als ich die

Haustür öffnete, sah ich ein Reh auf den Stufen liegen. Seine Augen suchten meinen Blick. In diesem Moment spürte ich, dass es mein Mitgefühl, Metta, brauchte, und ein tiefes Zwiegespräch unserer Herzen begann. Ich verstand, dass das Tier einen Platz für sich in der Nähe des Tempels und die Begegnung mit mir suchte. Nicht die gewohnte und geplante Meditation war nun das Wichtigste für mich, sondern die Fürsorge um das notleidende Wesen vor meinen Füßen. Konnte ich es mit einem Getränk und Apfelstücken erfrischen? Nein, es wendete den Kopf ab. Das war es nicht, was es wollte." Bhante erzählte weiter: „Ich streichelte ihm sanft über Kopf und Rücken. Es schaute mich dankbar an, erhob sich und schleppte sich auf unsicheren Beinen zur Mauer des Tempels, wo es sich niederlegte. Es brauchte Ruhe. Ich verstand und breitete eine Decke über das Tier. Danach machte ich mich auf die Suche nach Hilfe. Ich kontaktiere zunächst gute Bekannte. Der allgemeine Rat war, den Tierschutzverein anzurufen. Das machte ich auch und war danach sehr unruhig, denn es vergingen Stunden, bevor endlich eine Schar von Menschen auftauchte, darunter ein Tierarzt und die Polizei. Rund um das Gelände wurden Wachposten stationiert, die das kranke Reh an einer Flucht hindern sollten, wusste man doch nicht, ob es an einer ansteckenden Krankheit litt. Der Tierarzt schlug nach eingehender Untersuchung vor, das Reh zu erschießen, da es nach seiner Einschätzung nicht mehr zu heilen war und nur noch kurze Zeit zu leben hatte. „Aber das", sagte Bhante, „konnte ich nicht zulassen. Ich bat darum, dass das Reh seine letzten Stunden in der Nähe des Tempels verbringen durfte. Es war doch", sagte er nachdrücklich, „deswegen gekommen. Mein Herz war sich ganz sicher, dass es so war," fügte er hinzu."

Nachdem der Tierarzt, die Polizei und alle anderen das Gelände verlassen hatten, musste Bhante seinen verschiedenen Aufgaben nachkommen und das Reh einem der Tempelhelfer überlassen, der bei dem kranken Tier Wache hielt. Er sprach laut das Satipatthana-Sutta, die Verse, die in Sri Lanka zur Sterbebegleitung rezitiert werden. Am Ende verstarb das Reh friedlich. Später am Abend wurde es im Tempelgarten begraben, begleitet von einer Beerdigungszeremonie.

Die Erlebnisse, die Bhante bei Begegnungen mit dem Tode hatte - besonders jenes, als er in Frankfurt auf den Arzt wartete - regten ihn dazu an, an seinen eigenen Tod zu denken, nicht nur an den seiner Angehörigen und Freunde. Er griff sie als Anregung zum Wachsen auf und lernte, den Prozess von Entstehen und Vergehen für sein eigenes Leben zu akzeptieren. So, wie auch für den Buddha die Erkenntnisse über die Vergänglichkeit für sein weiteres Leben bedeutsam waren. Er hatte es aufgrund seiner Erfahrungen mit den Phänomenen „unserer" Wirklichkeit verstanden, das dadurch entstandene Leid zu lindern, und er lehrt uns, unseren Geist zu trainieren. Die hierfür hilfreiche Methode ist die Meditation. Denn ohne Meditation ist Weisheit nicht möglich, und ohne Weisheit gibt es keine Meditation.

Als Objekt der Meditation, und das ist für westliche Auffassungen nicht leicht zu verstehen, weil die Angst vor dem Sterben und dem Tod oft übergroß empfunden wird, kann die Todeserfahrung dienen. Die Buddhisten in Sri-Lanka nutzen sie als Anreiz zu der Überlegung: Wie kann ich mein Leben wertvoll machen, wenn ich vielleicht nur noch wenige Monate zu leben habe? Sie werden friedlich und freundlich und denken daran, anderen nichts Böses anzutun. Im ersten Vers des Dhammapada heißt es dazu:

Wir sind das, was wir denken.
Alles, was wir sind, entsteht durch unsere Gedanken.
Mit unseren Gedanken erschaffen wir die Welt.
Sprich oder handle mit unreinen Gedanken,
und das Unglück wird dich verfolgen,
wie das Rad des Ochsen, der den Karren zieht.

Wir sind das, was wir denken.
Alles, was wir sind, entsteht durch unsere Gedanken.
Mit unseren Gedanken erschaffen wir die Welt.
Sprich oder handle mit reinen Gedanken,
und das Glück wird dir auf dem Fuße folgen
wie ein Schatten, der nie von dir weicht.

Wer Bhantes Horoskop analysiert, wird ihm prophezeien, ein erfolgreicher Mann zu werden, der von den Frauen Unterstützung und Liebe bekommt. Betrachtet man seine Vergangenheit, lässt sich feststellen: Das ist wahr!

Bereits im jungen Alter von 19 Jahren leitete er, da sein damaliger Lehrer gestorben war, einen Tempel. Zu der Zeit war er noch Student, und unterstützt wurde er damals von den Frauen zweier Familien. Ihm fehlte es an vielem, besonders am notwendigen Geld für Fahrkarten und Bücher. Eine dieser Frauen wurde nach und nach so wichtig für ihn und seine Verbundenheit zu ihr so stark, dass sie ihm zu einer zweiten Mutter wurde. Er redete sie auch so an: Mutter. Sie bereitete ihm täglich Proviant zu, das ihm ihr leiblicher Sohn auf seinem Schulweg am Tempel vorbeibrachte. Bhante nahm es mit in die Universität und verzehrte es dort mit seinen Kameraden. Es enthielt immer seine Lieblingsspeisen: rote Zwiebeln, Kräuter, Petersilie mit Kokosraspeln und Karotten. Seine Kameraden freuten sich mit ihm über dieses köstliche und gesunde Essen.

1989, als die jungen Leute, besonders die Studenten, sich gegen den Staat auflehnten und Unruhen im ganzen Land verursachten, lud ihn diese Frau ein, bei ihr zu wohnen. In ihrem Haus gab es drei Zimmer. Als er dort seine Nächte verbrachte, schliefen alle Hausbewohner im Wohnzimmer. Er befand sich in der Mitte, die anderen gruppierten sich zu seinem Schutz außen herum. Wegen der herzlichen Beziehung, die Bhante zu der Frau hatte, dachten manche seiner Bekannten, sie sei tatsächlich seine leibliche Mutter, ihre Familie sei die seine und das Haus ebenfalls. Der Ehemann dieser Frau, mit dem sie vier Töchter und einen Sohn hatte, lebte aus beruflichen Gründen im Ausland. Bhante gab sich, wenn er in ihrem Hause weilte, Mühe, den Kindern viel beizubringen. Mit seinen Kenntnissen konnte er ihre Bildung erweitern, und somit einiges von den materiellen Wohltaten durch Unterricht und spirituelle Unterweisungen zurückgeben. Bis heute pflegt er ein enges Verhältnis zu dieser Familie und unterstützt sie, wo er kann.

1990, als Bhante die Lehrerschule in Hingurakgode leitete, lebte er während der Regenzeit in einem Tempel in dem zwölf Kilometer entfernten kleinen Ort Galoya, wo die Infrastruktur sehr zu wünschen übrig ließ. Es gab zwar eine Busverbindung, aber der Bus verkehrte nur zweimal am Tag.

Jeden Abend gab es eine Puja in dem kleinen Tempel. Das sprach sich herum, und es kamen vermehrt Interessenten herbei. Darunter befand sich eine junge Frau, die sich, in Anwesenheit ihrer Verwandten, gern mit Bhante unterhielt. Bald äußerte sie, eine große Spende von 10.000 Rupien geben zu wollen. Das war sehr viel Geld. Die Frau hatte ein paar Jahre in Arabien gearbeitet und wollte einen Teil ihres gesparten Geldes weitergeben. Bhante legte den Betrag auf einem Sparkonto an und bedachte mit Dankbarkeit, wie viel die Frau dafür gearbeitet hatte. Als er Jahre später in Berlin erfuhr, dass die Frau sehr krank war, gab er ihr das Geld zurück, denn nun brauchte sie es sicherlich nötiger als er.

In Berlin, im Buddhistischen Haus, hatte Bhante guten Kontakt zu einigen Frauen. Sie unterstützten ihn sprachlich, zeitlich und finanziell und organisierten Ausflüge und Museumsbesuche. Eine dieser Frauen verliebte sich sogar in ihn. Das geschah gerade zu der Zeit, als ein anderer Mönch ihn aus dem Haus und seinem Wirkungsfeld verdrängte. Eigentlich eine Gelegenheit, die womöglich einen Ausweg aus seinem Dilemma damals hätte bieten können, zumal Bhante auch von einem anderen Mönch erfahren hatte, der seine Robe für ein Frau abgelegt und geheiratet hatte. Dieser Mann schien glücklich zu sein. In Bhantes Bedrängnis erwog er durchaus, es ebenfalls zu tun, und die verliebte junge Frau zu heiraten. Er hatte mit ihr, ohne dass es je zu sexuellen Kontakten zwischen ihnen gekommen wäre, viele glückliche Augenblicke erlebt. Für Bhante war es etwas Besonderes, eine Zuhörerin zu haben, was ihn damals sehr glücklich und zufrieden machte. Er reiste nach Sri Lanka zurück. Dort befragte er den früheren Mönchsbruder, der seine Robe für eine Frau abgelegt hatte, und erhielt den Rat, sich diesen Schritt reiflich zu überlegen.

Auf dem Rückweg nach Berlin machte er in Österreich Station, um an einer Zeremonie teilzunehmen. In seiner Begleitung war unter anderen eine Frau aus Berlin, die ihm wie eine Schwester war. Zurück in Berlin hatte Bhante deshalb Probleme mit der Frau, die sich in ihn verliebt hatte. Sie schimpfte sehr und unterstellte ihm, die andere Frau, die Bahnte als seine Schwester ansah, mehr zu lieben als sie, und sie beharrte auf ihrem Standpunkt. Streitereien aber wollte er nicht. Bhante beschloss – nicht nur deshalb – Mönch zu bleiben. Jedes Jahr trifft er sich aber weiterhin mit den beiden Frauen, und inzwischen sind alle mit den Umständen zufrieden. Sie meditieren miteinander, haben gemeinsame Mahlzeiten und sind dankbar und glücklich für die gemeinsame Zeit.

In Berlin gab es einmal eine Frau, die an den Meditationen teilnahm und Bhante hin und wieder bei einigen kleineren Arbeiten half. Eines Abends um zehn Uhr rief sie ihn an und machte ihm einen Heiratsantrag. Dabei drohte sie ihm mit Schwarzer Magie – ein Heiratsantrag mit Erpressung. Bhante konnte sie nicht von ihrem Wunsch, ihn heiraten zu wollen, abbringen. Der Hinweis, er sei doch ein Mönch, half nicht viel. Wie konnte er auch, wenn sogar Bhantes Einwand, sie sei doch bereits verheiratet, erfolglos war! Sie würde sich scheiden lassen. Bhante versuchte alles, aber nichts half. Da kam der Wechsel nach Frankfurt kurz darauf wohl zur richtigen Zeit.

In einer Sprachschule in Frankfurt machte er die Bekanntschaft einer zwanzigjährigen Tschechin. Diese junge Frau setzte sich häufig in seine Nähe und suchte harmlose körperliche Berührungen, was er nicht als Anzeichen dafür erkannte, dass sie in ihn verliebt war. Wie Bhante später erfuhr, hatte die Frau es aber ihren Eltern geschrieben, und eines Tages gab sie ihm ein Schreiben, das er nicht lesen konnte, und wollte seine Unterschrift darauf. Er geriet in Bedrängnis, wollte sie nicht vor den Kopf stoßen oder unnötig kränken. Aber wie konnte er ihr seinen Stand als Mönch verständlich machen? Sein Leben im Zölibat?

Bhante glaubt, dass ihm seine Sprachlehrerin zur Hilfe gekommen ist. Sie übertrug den Schülern nämlich eines Tages die Aufgabe, einen zehnminütigen Vortrag auf einem frei gewählten Gebiet zu halten. Da sie sich für Buddhismus interessierte, ergriff

Bhante die Gelegenheit und sprach über die Buddhistische Lehre, über sich und sein Leben als Mönch. Danach suchte die Tschechin sich einen anderen Begleiter.

Mit einer singhalesischen Frau, die bereits mit einem Deutschen verheiratet war, gestaltete es sich ebenfalls kompliziert. Auch sie verliebte sich in ihn, sagte ihm, er sei ihr Traummann, verstand und respektierte jedoch sowohl ihre Situation als verheiratete Frau als auch seine als Mönch. Sie fragte ihn nur, ob sie den Wunsch äußern dürfe, er möge im nächsten Leben ihr Mann sein. Eine schwierige Frage, denn Bhante hat nicht den Wunsch, wiedergeboren zu werden. Vielmehr das Ziel, alle Wünsche, Begierden und Bindungen zu überwinden, um den Daseinskreislauf, Samsara, der als leidvoll betrachtet wird, zu verlassen. Das wäre auch für mich der einzige Grund, ein buddhistischer Mönch werden zu wollen. Jeder möchte den Samsara überwinden, aber ein Mensch, der sich dazu entschließt, als Mönch zu leben, hat sich entschieden, nur diesen Weg zu gehen. Jemand der das nicht tut, wie ich beispielsweise, verschreibt sich dem nicht. Ohne dass es damit bedeutet, dass nicht jeder Mensch die Befreiung erlangen kann. Jeder kann das. Auch ich. Dazu muss man nicht Mönch sein. Aber wenn man Mönch ist, dann entsagt man allen anderen Wünschen, die das Leben zu bieten hat, und widmet sich nur diesem einen Ziel: der Befreiung aus dem leidvollen Daseinskreislauf. Das wird die singhalesische Frau sicher gewusst haben und vielleicht deswegen die Antwort des Bhante verstanden haben. Denn da er sie mit einer sofortigen Absage nicht vor den Kopf stoßen wollte, bat er sie, ihm ein paar Jahre Zeit zu lassen für eine Antwort.

Die Frau erzählte auch ihrem Mann von ihrem Wunsch für das nächste Leben, woraufhin er fragte:
„Und was wird dann aus mir?"
Sie antwortete:
„Du wirst unser Sohn!"
Er aber protestierte:
„Wenn ich sehe, wie du heute unseren Sohn behandelst, glaube ich nicht, dass ich einmal gern dein Sohn sein möchte!"
Das war nicht nett, und die Frau hatte noch weitere Probleme, denn andere Sri Lankaner errieten ihre Gefühle für Bhante. Daraufhin praktizierte sie viel, beschäftigte sich intensiv mit dem Dharma, und ihre Wünsche änderten sich mit der Zeit. Heute teilt sie die Einstellung des Bhante, den Samsara zu beenden, und Bhante und sie verstehen sich nun wie Geschwister.

Das Leben als Mönch, der im Zölibat lebt, kann, wie man sieht, durchaus interessante Aspekte aufweisen, bei denen Frauen eine Rolle spielen. Nicht zuletzt war es eine Frau, die Bhante während seiner schwierigen Situation in Berlin half. Es war die Nonne Agganyani, die ihm bei der Übersiedlung nach Frankfurt den Weg bereitete und ihm half, in der neuen Stadt Fuß zu fassen und auch dort wieder freundliche Frauen zu finden, die ihn unterstützen, wie beispielsweise Ingmut Dossow, von der ich hier bereits berichtet habe.

So erfüllte sich die lange zurückliegende Weissagung, aus den Sternen, dem persönlichen Horoskop, des Bhante. Die bedeutende Rolle der Frauen in seinem Leben gab es auch, und vielleicht gerade, weil er ein buddhistischer Mönch geworden ist.

Einer der bedeutendsten Jünger des historischen Buddha war Ananda. Er war es, der die Lehre des Buddha bewahrte und die Texte für die ersten Niederschriften des Pali-Kanons lieferte. Man darf vermuten, dass er nicht nur ein Cousin, sondern auch ein Freund des Buddha gewesen ist. Es wird berichtet, dass er einmal zum Buddha sagte:
„Ein guter Freund sorgt das halbe Leben für mich."
Buddha widersprach ihm und sagte:
„Ein guter Freund kann dein ganzes Leben wertvoll machen."
Somit kann man bei der Frage, wie wichtig gute Freunde sind, auf die Lehre des historischen Buddha zurückgreifen. Eine wahre Freundschaft wird in Pali „caleane mitta ta" genannt. Das bedeutet, sich verständnisvolle Menschen zu suchen, die einem auf dem Weg behilflich sind. Oder, wie es Ayya Khema, eine bedeutende deutsche Nonne, beschreibt:
„Edle Freunde sind solche, die uns auf unsere Fehler aufmerksam machen, statt mitleidig auf unsere Schwierigkeiten einzugehen und uns darin zu bestärken, wie schlecht uns die ganze Welt behandelt hat. Ein edler Freund hilft uns, das, was in uns vorgeht, zu erkennen."

Bhante hat viele Freundschaften geschlossen, und er erlebt sie noch heute, vor dem Hintergrund verschiedener Kulturen und in unterschiedliche Gewänder gekleidet. Er sagt:

„Ein guter Freund kann in bestimmten Situationen eine ähnliche Rolle für uns spielen wie unsere Eltern. Er kann auch wie unser Lehrer sein. Meine Freunde haben nicht nur mein Glück mit mir geteilt, sondern sie blieben bei mir, wenn ich mich in schwieriger Lage befand, bei Krankheit und in Konflikten. Wir wollen von unseren Freunden nicht nur Hilfe erwarten."

In seiner Ausbildungszeit zum Novizen war er mit neun weiteren Jungen in einer Gruppe. Sie fühlten sich einander so zugehörig, als wären sie alle Kinder derselben Mutter. In sri-lankischen Familien haben Geschwister eine starke Verbindung zueinander, anders als häufig im Westen. Das ist besonders in Dörfern bis heute so geblieben. Jeder seiner damaligen Novizen-Freunde war unterschiedlich. Sie gingen nicht immer höflich miteinander um, aber wenn sie einmal Schwierigkeiten hatten, unternahmen sie gemeinsam etwas dagegen. Während Bhantes Ausbildungszeit starb der Lehrer seiner Schule. Sein Nachfolger wollte Neuerungen einführen. Die Novizen waren beispielsweise gewohnt, von Tellern zu essen. Nun sollten sie Almosenschalen benutzen, die aus billigem Kunststoff hergestellt waren und die Hitze der Speisen nach außen abgaben, sodass man sich die Finger daran verbrannte. Außerdem sonderten sie einen unangenehmen Geruch ab, der nicht nur den Geschmack verdarb, sondern auch ein Hinweis darauf war, dass die Schalen möglicherweise aus ungesundem Material waren. Der leitende Abt beachtete die Proteste und Einwände der Novizen nicht. So streikten sie, aßen nichts und gaben ihr Essen den Tieren. Bhante und seine Freunde wussten zwar um den Brauch des Almosensammelns und um das Benutzen von Almosenschalen – aber ihre Gesundheit schädigen, das wollten sie nicht. Am nächsten Tag holte Bhante Teller aus dem Tempel. Dem Abt missfiel Bhantes Vorgehen, und er warnte die anderen vor ihm. Aber es half nicht. Auch wenn das Essen schlecht war, streikten die Novizen, und irgendwann verbesserte sich die Situation.

In der Gruppe reagierte man auch aufeinander. Wenn jemand rauchte, sagten die anderen zu ihm:
„Das ist nicht gut."
So eine warnende Stimme ist auch ein Freundschaftsdienst. Hatte jemand in seinem Privatleben Probleme, hörten ihm die anderen zu und gaben ihm Ratschläge. Dadurch fühlten sie sich nicht einsam, sondern waren aufgehoben in einer Gruppe, die ihnen Kraft gab.

Wo Bhante auch war, in Sri Lanka oder im Ausland, in einem eigenen oder in einem fremden Tempel – immer war er glücklich, Freunde gefunden zu haben. Er hat dabei gelernt, dass derjenige offene Freundlichkeit und Freundschaft erhält, der sie auch selbst anbietet. Stolz und Hochmut führen dagegen nicht zur Freundschaft. Auch weiß er, dass es schwierig ist, einen Freund zu finden, der sich genauso verhält, wie man selbst, und er sagt:
„Halte ich an solch einer Erwartung fest, werde ich ganz sicher enttäuscht", und fügt hinzu: „ Wir wollen den anderen achten und darauf sehen, wie wir mit ihm umgehen. Wenn ich bedenke, das Verhalten eines Freundes könnte schädigende Auswirkungen haben, brauche ich eine besondere Aufmerksamkeit ihm gegenüber. Ich werde dann nicht stillschweigen, sondern mit ihm sprechen, ihm seine Freiheit lassen, mich selbst aber abgrenzen. Ich werde diesen Freund nicht verlassen, sondern, im Gegenteil, wissen, dass er mich gerade jetzt noch mehr braucht und ihm meine Unterstützung anbieten."

Als Bhante vierzehn Jahre alt war, gab er bei seiner Novizen-Ordination seinem Meister traditionsgemäß seine gefaltete Robe und bat:
„Bitte gib mir meine Novizen-Ordination! Ich will meine Leiden überwinden und frei von Gier, Hass und Verblendung sein!"
Daraufhin erlebte er das tiefe Gefühl, ein Hausloser zu sein, weniger Beziehung zu Besitz zu haben und freier zu sein, als er es jemals als Kind war. Im Laufe seines weiteren Lebens als Mönch wurde ihm gewahr, dass er sich zu einer viel weiteren Verantwortung verpflichtet hatte, als ihm zunächst bewusst war. Als Schüler und später als Lehrer hatte er nämlich eine Menge Regeln in seinem Tagesablauf zu beachten. Das Gefühl der Freiheit wich dem Gefühl, Pflichten übernehmen zu müssen und für ganz bestimmte Verantwortlichkeiten zuständig zu sein. Gerade dafür aber ist es wichtig, edle Freunde zu haben, denn sie sind es, die auf Fehler aufmerksam machen und erkennen können, was in einem vorgeht.

Verantwortung ist einerseits eine Last. Andererseits erhebt sich ohne Verantwortung leicht Langeweile, und Gleichgültigkeit macht sich breit. Was ich denke, ist nicht mehr lebendig. Häufig beginnt man etwas leichten Herzens, das sich später zu großer Verantwortung ausweitet. So hat es auch Bhante erlebt. Mit sechzehn Jahren bereits hatte er als Novize den Wunsch, einmal dort als Lehrer zu arbeiten, wo er Schüler gewesen war. Als es dann tatsächlich so kam, erfüllte ihn dies mit großer Freude. Dann aber wurde er sich der Verantwortung bewusst, eine Pflicht übernommen zu haben und diese erfüllen zu müssen. Das – auch Bhante blieb nicht verschont davon – kann durchaus Schwierigkeiten mit sich bringen. Gerade in der Zeit, als er noch Student und gleichzeitig bereits Abt in einem Tempel war, zeigten sie sich besonders: An manchen Tagen etwa kam er wegen der Verkehrsprobleme, die jeder kennt, der einmal in Sri Lanka war, zu spät von der Universität heim. Er war müde, hatte nicht ausreichend gegessen, wollte nur noch duschen und dann ins Bett gehen. Wenn er aber zum Tempel kam, warteten dort zehn bis zwölf Personen auf eine Andacht mit ihm oder um mit ihm zu sprechen. Auch wenn es dort andere Mönche gab, erwarteten die Leute doch Bhante, als den Leiter. Sie wollten ihn, und er sollte die Andacht halten.

Manches Mal kam er so spät aus einer Vorlesung, dass er kein Mittagessen mehr zu sich nehmen konnte. Er hatte Hunger und hätte das Geld gehabt, um sich in der Mensa etwas zu essen zu kaufen. Aber er hatte auf Regeln zu achten. Eine davon lautet: Buddhistische Mönche dürfen nur vor zwölf Uhr mittags essen. Alle Studenten wissen das. Bhante hätte mit dieser Regel weitherziger umgehen können. Aber er fühlte sich verantwortlich für die gesamte Sangha. Sobald beobachtet würde, dass die Mönche ihre Regeln, zu denen sie sich verpflichtet hatten, nur nachlässig beachteten, fürchtete Bhante Geringschätzung für die Gemeinschaft der Mönche.

In solchen Situationen, fühlt Bhante, welche Bedeutung seine Bitte bei seiner Ordination hatte, die Leiden zu überwinden und Frieden zu erfahren. Er sagt: „Immer wieder legen Mönche ihre Robe ab, vermutlich, weil sie die Verantwortung zu sehr drückt. Ich kann das verstehen. Als ich das Buddhistische Zentrum in Berlin verließ, wollte ich nie wieder eine Leiter- oder Abttätigkeit ausüben. Andererseits macht uns Verantwortung eifrig. Wir arbeiten fleißig, und das löst in uns eine positive Resonanz aus."

Ich habe Bhante Puññaratana als einen Menschen kennengelernt, der von dem tiefen Wunsch durchdrungen ist, zu helfen. Seine Aktivitäten sind bewundernswert. Neben seiner Tätigkeit - früher in Berlin, heute in Frankfurt - reist er umher, unterstützt die sri-lankische Gemeinde in Hamburg und kümmert sich um die Hilfsprojekte von Karuna Samadhi, der Hilfsorganisation, die er ins Leben gerufen hat. Jede Bitte erfüllt er. Wenn ich ihn als Mönch erlebe, in buddhistischer Praxis, vermittelt er mir das Gefühl, dass ich eigentlich schon alles weiß und er mir nur noch ein oder zwei kleine zusätzliche Erläuterungen geben muss. Mit seiner Freundlichkeit nimmt er mich mit und gibt mir das Gefühl, im Dharma gut aufgehoben zu sein. Wenn er gebeten wird, neben seinen vielen Aktivitäten vielleicht noch hier und da eine Meditation zu leiten, ist es nicht die Frage, ob er es macht oder nicht, sondern nur, wo es stattfinden soll und wie er hinkommt. Dafür findet sich dann immer ein Weg.

Bhante lernte ich im Rahmen des Karuna Samadhi Schulprojekts kennen. Es war so offensichtlich, dass es wichtig war und mein kleiner Beitrag in voller Höhe dem Projekt zufloss - ich wollte überhaupt keine weiteren Einzelheiten wissen. Als ich später mit eigenen Augen in Sri Lanka sehen konnte, was Bhante mit dieser Hilfsorganisation auf die Beine gestellt hat, hatte ich das Gefühl, es konnte gar nicht anders sein: Was auch immer Bhante tut, ist so vollkommen im Einklang mit dem buddhistisch sehr wichtigen Gebot des Gebens, dass es mir fast wie ein Naturgesetz erscheint.

Seit ich mich mit der buddhistischen Lehre beschäftige, habe ich viele Mönche kennengelernt. Einige haben mich, wie Bhante, vom ersten Augenblick an beeindruckt, andere habe ich nur wahrgenommen. Bei dem einen oder anderen gab es gar eine Ablehnung, die es zu überwinden galt. Aber egal, wie auch immer ich zu ihnen stand oder stehe, mit Bhante Puññaratana, ist mir ein Mönch begegnet, der mir immer das Gefühl vermittelt hat, für uns alle da zu sein, um zu helfen.

Möge er dies auch weiterhin tun, möge er uns helfen, möge er glücklich sein.

Mögen alle Wesen glücklich sein.

www.ingramcontent.com/pod-product-compliance
Lightning Source LLC
Chambersburg PA
CBHW060234180626
46813CB00007B/3076

9783943863277